Delf In

Mystères Strasbourgeois

Ceci est une œuvre de fiction. Les personnages et les situations décrits dans ce livre sont purement imaginaires : toute ressemblance avec des personnages ou des événements existants ou ayant existé ne serait que pure coïncidence.

Table des matières

À moi la vengeance et la rétribution, Quand leur pied chancellera ! Car le jour de leur malheur est proche, Et ce qui les attend ne tardera pas...

Deutéronome 32.35

Prologue

La cathédrale de Strasbourg et ses paroissiens ont reçu, avec beaucoup de joie, leur nouvel évêque, en ce début de mois de mars.

Son Excellence, Karl Frantz, a choisi la voie du Seigneur après avoir découvert la France, ses habitants et leurs problèmes. Il entre dans les ordres à l'âge de 27 ans. Aujourd'hui, après avoir passé dix années au sein de la congrégation de Colmar, il devient l'évêque de Strasbourg à l'âge de 52 ans.

Très proche de ses concitoyens, il nous a ouvert ses portes pour parler de ses projets et a, très gentiment et sans retenue, répondu à nos questions.

Vous venez d'une famille aisée, vous avez longtemps voyagé, pourquoi être entré dans les ordres ?

Par choix, j'ai pu découvrir une France qui m'était inconnue durant mes voyages. Moi qui n'avais jamais eu de problèmes d'argent, qui ne savais rien des gens qui m'entouraient, j'ai pris conscience qu'il fallait agir, aider. Durant un de mes voyages, j'ai eu une révélation : je devais devenir un soutien et dispenser la parole de Dieu ! Je suis devenu un homme de Dieu, tout naturellement.

Vous êtes, par la suite, longtemps resté à Colmar, votre ville natale. Aujourd'hui, vous voilà vivant à Strasbourg, comment se passe la transition ?

Bien, très bien même. Je suis heureux de découvrir une autre ville, une autre communauté. Il est vrai que quitter Colmar m'a fait un pincement au cœur, mais, vous savez, je ne peux pas rester au même endroit toute ma vie. Mon souhait est d'apporter le bonheur, la foi à un maximum de personnes et ce n'est pas en restant là-bas que j'y arriverai.

Vous venez d'être nommé évêque, cela va-t-il changer quelque chose pour vous ?

Oh non, je ne vois d'ailleurs pas pourquoi cela me changerait ! Je reste moi-même, j'ai toujours la même volonté, le même amour pour Jésus. Mes objectifs sont les mêmes, que je sois ici ou ailleurs, que mon rang au sein de l'Église diffère, évolue. Je n'ai pas à changer, au contraire, c'est ma façon d'être, d'agir qui m'a amené à ce que je suis devenu, ce que je suis aujourd'hui. Dieu m'a indiqué le chemin à suivre et je continuerai de le suivre maintenant, demain. Jusqu'à ma mort.

Avez-vous des projets, des souhaits pour la paroisse ?

Oui et j'espère pouvoir tous les réaliser. Je souhaite offrir du sang neuf, un renouveau à la Cathédrale. J'espère apporter mon aide, mon soutien à chaque paroissien, à chaque personne qui en aura besoin. Si j'ai accepté de venir à Strasbourg, ce n'est pas pour rester dans mon coin, en dehors des soucis de ses habitants Je veux amener l'amour de Dieu auprès de tous. Et, c'est dans cette optique que je parlerai de mes objectifs lors de mon sermon ce dimanche.

Après l'avoir remercié pour ses réponses et sa sympathie,

nous avons laissé son Excellence Frantz à ses occupations et à la préparation de son sermon dominical.

La messe sera donnée par l'évêque ce dimanche à 9 h à la Cathédrale de Strasbourg.

Article publié dans l'édition du 8 mars de DNA

1

En ce beau jour de juin, une Opel Corsa noire, immatriculée dans les Vosges, prend le chemin de l'Alsace, direction la ville de Strasbourg. À son bord, Caroline Dupuis, inspectrice au sein du commissariat de Saint-Dié-des-Vosges depuis, maintenant, dix années. Accompagnée de son adjoint Samuel Pinot, elle a pour objectif de rejoindre l'hôtel de police strasbourgeois.

Le duo est affecté à ce dernier le temps d'une enquête qui pose problème. Depuis quelque temps, des cadavres sont retrouvés aux alentours de la Cathédrale, mais la police n'a trouvé aucun indice viable, aucun lien entre les victimes. La seule chose identique : les deux victimes sont mortes par armes blanches. Les découvertes rapprochées dans le temps et le lieu donnent à penser qu'il s'agit d'un même tueur, mais rien ne permet de le prouver ni de pouvoir stopper ces meurtres.

Reconnue comme la spécialiste de la région Grand-Est pour ce genre d'enquêtes complexes, le commissaire a demandé l'aide de Caroline. Sa mission sera, en premier lieu, de vérifier que les affaires sont liées entre elles et, en second lieu, et si le lien existe, de trouver le coupable pour l'arrêter. La justice pourra prendre la suite et la paix et le calme reviendront dans la ville.

Mais, pour l'instant, la priorité de la jeune femme est d'arriver à destination sans massacrer son collègue un peu trop bavard et enthousiaste. Et pourtant, ils n'ont même pas encore quitté la Lorraine !

Le jeune homme de vingt-six ans parle sans cesse, de tout et de rien. Caroline le sait, il ne devient aussi agaçant que lorsqu'il stresse. Mais que diable le stresse-t-il autant ? Il est vrai que la policière a une conduite sportive, qu'il y a quelques virages sur le trajet, ou se pourrait-il que ce soit le caractère virulent de la conductrice ?... La réponse ne tarde pas quand, soudain, une voiture les dépasse à l'entrée d'un virage, sans faire attention à la visibilité ni à la vitesse excessive pouvant entraîner une perte de contrôle, un accident.

Samuel, sans attendre, se tourne vers sa supérieure, le regard empli de peur, la bouche légèrement entrouverte, esquissant le « N » de non. La jeune femme klaxonne, fait des appels de phare tout en râlant. Elle accélère à la sortie du virage et rejoint le danger public. Elle lui fait à nouveau des appels, entrouvre sa vitre et sort son bras pour lui faire signe de se mettre sur le côté dès que possible. Le chauffard ne semble pas comprendre et continue sur sa lancée, il accélère.

Caroline s'énerve davantage.

— Mais ?! Il se fout de moi ?!

Elle augmente sa vitesse pour rester à bonne distance. Son collègue remarque une fureur dans son regard et comprend que le trajet ne va pas être de tout repos. L'Opel rattrape le fuyard, le double et le force à ralentir. Caroline lui fait à nouveau signe de s'arrêter tout en freinant. Les deux voitures s'arrêtent sur le bas-côté.

Le chauffard continue dans ses travers. L'homme d'une quarantaine d'années sort de sa Mercedes comme une furie. Il n'a absolument pas apprécié le comportement de la jeune femme. Caroline le remarque, elle le regarde dans le rétroviseur extérieur gauche. L'homme crie tout en gesticulant comme un pantin. Samuel propose de gérer la situation, mais, sans un regard, l'inspectrice de police lui fait signe de la main. Il se tait direct, il ne vaut mieux pas l'énerver davantage…

— On va s'amuser un peu…

Elle sort de la voiture et se retrouve face à sa cible qui ne décolère pas.

— C'est quoi c'bordel ?! Faut apprendre à conduire !

Caroline l'écoute avant de sortir un objet de la poche interne de sa veste. Toute souriante, à la limite de l'arrogance, elle lui montre sa carte et son signe de police. Le quarantenaire se calme, sa colère retombe comme un soufflé, son visage pâlit. La jeune femme prend enfin la parole.

— Je confirme, il serait préférable que VOUS appreniez à conduire en respectant le code la route ! Vous savez au moins pourquoi mon collègue et moi vous avons arrêté ?

— Je… Je…

— Vous avez effectué un dépassement dangereux. Vous étiez en excès de vitesse, j'ai dû dépasser la limitation de plus de vingt kilomètres/heure pour vous dépasser ! Et, en plus, vous avez tenté de vous enfuir !

L'homme est tout penaud, il a perdu la parole et baisse la tête comme un enfant qu'on réprimande. Elle vérifie rapidement permis de conduire, carte grise, assurance voiture pour lui mettre davantage la pression. Elle prend quelques notes, numéro du permis, nom du chauffard, numéro d'immatriculation avant de reprendre son discours.

— Vous avez de la chance ! Pas d'amende cette fois-ci ! Mais, attention, qu'on ne vous y reprend plus ! La prochaine fois, je ne garantis pas que vous aurez encore un permis…

Il s'excuse plusieurs fois, la remercie de ne pas l'amender et reprend sa route. Caroline, de son côté, retourne à sa voiture et, alors qu'elle se prépare à repartir, remarque la tête de Samuel.

— Je sais.

— Non, vous savez pas ! Vous êtes folle ?! Vous avez eu un comportement tout aussi dangereux que ce type ! Vous… Vous mériteriez que je prenne le volant !

Elle fixe son acolyte, se met à rire doucement.

— Avec quel permis ?

Il rougit au moment où il se souvient qu'il n'a plus de permis et qu'il ne le récupérera que dans trois semaines. Caroline démarre l'Opel, plus zen. Il est temps de repartir, Strasbourg les attend !

****

Le reste du trajet se passe assez tranquillement, quelques frayeurs pour Samuel et une Caroline agacée, énervée par le comportement des autres automobilistes. Il reste encore quelques kilomètres à faire et le jeune policier espère que tout va bien se passer, qu'ils arriveront à bon port, en un seul morceau.

Plus Strasbourg approche, plus le nombre de voitures augmente et très vite, un bouchon se forme. Caroline, déjà sur les nerfs, est sur le point de craquer. Son équipier, soudain, s'en amuse ; quelle différence entre la policière toujours calme, impassible et réfléchie, et la conductrice folle furieuse, pensant être la seule personne sachant conduire ! Mais son sourire s'efface vite lorsqu'il repère le regard noir lancé dans sa direction…

Après plus d'une demi-heure de bouchons, ils prennent la sortie en direction de la Place de l'Étoile. Il leur faut encore presque dix minutes pour atteindre la sortie Meinau/Neudorf, il ne leur reste plus que trois cents mètres. Ils suivent plusieurs rues, Route de l'Hôpital, Rue de la Kaltau puis à nouveau Route de l'Hôpital.

Ils arrivent à destination au bout d'environ deux heures de route. À peine garés, ils sortent de la voiture. Caroline récupère son sac tandis que Samuel s'étire. Ils prennent le temps de regarder autour d'eux avant de se décider à entrer dans l'Hôtel de Police. Le duo, contrairement au trajet, semble stressé. La jeune femme entre dans un silence oppressant, cette situation lui rappelle son arrivée à Saint-Dié.

Pendant qu'elle espère ne pas devoir faire équipe avec un ou plusieurs lourdauds, son équipier regarde partout. On pourrait penser qu'il s'agit d'un touriste découvrant un monument. Leur comportement les fait tout de suite repérer et un agent de police s'approche d'eux, il leur demande la raison de leur venue. Un peu penaude en s'imaginant l'image qu'ils donnent, Caroline lui montre sa carte de police et se présente. Samuel fait de même.

Le policier leur apprend que l'équipe chargée de l'enquête n'est pas présente dans les locaux. Un cadavre a été retrouvé très tôt ce matin et les enquêteurs sont encore sur place. La jeune femme, soudainement emplie de confiance, lui demande le lieu où se trouve le corps. Ils les rejoindront sur place, la meilleure façon de débuter leur travail et de rencontrer leurs futurs collègues.

Ils récupèrent les informations, le trajet et le nom du chef d'équipe. La place de la Cathédrale n'étant qu'à un quart d'heure à pied, ils laissent la voiture sur place. Cela leur permettra de mieux appréhender le secteur et la ville.

****

Le duo d'enquêteurs arrive rapidement sur les lieux. Ils passent le barrage de police, entrent dans le bâtiment. Arrivés à l'appartement, Samuel gère les présentations tandis que sa supérieure analyse déjà la scène. La victime a été retrouvée dans la baignoire, les poignets tranchés par une lame de rasoir. La netteté des coups indique qu'il s'agit d'un meurtre et non d'un suicide.

Il y a du sang dans la baignoire et à côté, un des bras de la morte pend à l'extérieur. Caroline débute son investigation en parlant avec le médecin légiste, il lui donne toutes les informations en sa possession. Il lui explique que le crime a dû avoir lieu vers minuit voire une heure du matin, le sang a coagulé à certains endroits et a déjà séché sur le carrelage de la salle de bain. La jeune femme, armée d'un stylo et de son calepin, prend tout en note. Il faudra attendre l'autopsie pour obtenir plus d'informations, même si le légiste soupçonne que le meurtre a eu lieu ailleurs. La quantité de sang est importante, mais pas suffisante.

Elle est rejointe par son collègue, sa tablette à la main. Samuel, voyant tout le sang, a un haut-le-cœur. Il n'est toujours pas habitué à ce genre de scène malgré le fait qu'il soit l'équipier de Caroline depuis cinq ans. Malgré le temps à travailler ensemble, et avec le nombre de morts vues, il donne toujours l'impression d'être sur sa première scène de crime.

L'inspectrice le remarque directement et lui propose de sortir de la pièce. Une fois dans le couloir, il prend de grandes inspirations et retrouve des couleurs. Le policier, allant mieux, prend enfin la parole.

— J'ai vu avec l'équipe, le commissaire nous donne les pleins pouvoirs pour mener à bien l'enquête ! Nous aurons accès à tout le dossier à notre retour au commissariat.

Il marque une pause, regarde sa tablette et reprend.

— Alors... Notre victime s'appelle Martine Schmidt, cinquante-quatre ans, sans emploi. Elle n'a ni permis ni voiture. Je n'ai rien trouvé d'autre pour l'instant ! Aucune info ne traîne sur internet...On a son numéro de sécu, j'ai déjà fait une demande pour son dossier médical.

— Ça fait peu tout ça... Rentrons ! On aura peut-être plus d'infos sur les autres victimes...

Ils quittent l'appartement, le laissant aux mains de la section scientifique. Accompagnés des autres agents, ils retournent à l'hôtel de police, récupèrent le dossier de l'affaire et se mettent au travail.

Une enquête qui commence bien... Je dois être maudite ! À chaque fois, c'est la même chose : des infos au compte-gouttes, des victimes à tout va et un meurtrier introuvable ! Comprenons vite le lien entre les morts pour résoudre rapidement cette enquête ! Les Vosges me manquent déjà...

2

Les craintes de Caroline se confirment. Déjà trois morts et, pourtant, le dossier de l'enquête est mince, trop mince pour espérer clôturer l'affaire rapidement…

Le duo se partage la tâche. Chacun récupère les fichiers d'une des deux victimes, Caroline la première et Samuel la seconde. Ils lisent attentivement tous les documents, les rapports de police, d'autopsie, les témoignages, ils prennent aussi le temps d'analyser avec minutie chaque photo prise des lieux où chaque corps a été retrouvé.

La première victime, Lisbeth Haas, concierge de cinquante-quatre ans, était considérée comme la mégère de son quartier. Son corps inerte gisait sur la place de la cathédrale, à trois mètres environ de la porte du bâtiment. La femme est morte il y a un mois, égorgée. Le meurtre avait eu lieu pendant la nuit, entre deux heures et deux heures dix du matin, mais le peu de sang retrouvé sur les lieux indiquait que le corps avait été déplacé. Aucun indice n'avait indiqué le vrai lieu du crime, mais, suite à l'autopsie, le médecin légiste en avait conclu qu'elle avait été égorgée par-derrière, le sens de la coupe permettant, aussi, de préciser que le meurtrier est droitier.

Caroline émet alors l'hypothèse que le tueur vise les femmes, mais son équipier la stoppe, la seconde victime n'entre pas dans les critères.

Marcel Simon, soixante-quatre ans, agent d'assurances à la retraite, est mort quinze jours après Lisbeth Haas. Son corps a été retrouvé dans une voiture abandonnée à cinq cents mètres de la cathédrale. Démembré, le tronc était posé sur le siège conducteur ; ses deux bras se trouvaient sur la banquette arrière, la jambe gauche dans le coffre et la droite sur le siège passager. La voiture était une vieille R5 rouge en panne ; à certains endroits, la peinture était même rouillée.

Caroline récupère le dossier, elle sait que Samuel ne peut pas regarder les photos. Elle les regarde une par une, même pour elle, elles sont choquantes. Selon le rapport d'autopsie, l'homme était vivant lors de son démembrement, des traces sur les poignets et les chevilles indiquent qu'il était attaché par une corde et s'est débattu. Les membres ont été coupés avec une scie circulaire, encore une fois, par un droitier, mais impossible de connaître le modèle. Le seul indice découvert est le fait qu'aucun magasin du coin n'en a vendu, il se pourrait qu'elle ait été achetée sur internet ou dans un magasin en dehors du secteur géographique des meurtres.

Les deux policiers décident de noter tout ce qui les interpelle : les tranches d'âge, la zone où les corps se trouvaient, la méthode employée… Caroline est intriguée par le fait qu'il est possible de dessiner un cercle de cinq cents mètres avec, en son centre, la cathédrale. Finalement, il s'agit d'une piste à creuser qui est rejointe, rapidement, par les armes du crime. Il semblerait que le tueur aime trancher, mais pourquoi ? Est-ce un seul et même tueur ? Une chose est sûre, le tueur est droitier et toutes les deux semaines, la police découvre une nouvelle victime ; il faudra attendre le résultat de l'autopsie de la troisième victime pour confirmer l'hypothèse d'un seul meurtrier droitier.

En attendant, Caroline et son acolyte Samuel vont retourner sur les lieux où les deux premiers corps ont été retrouvés. Ils ont besoin de voir de leurs propres yeux les scènes de crime pour mieux appréhender l'enquête. Et puis, un regard nouveau pourrait aider, remarquer des détails qu'une personne habituée aux lieux, à la ville, n'aurait peut-être pas vus.

Même si les indices sont maigres, voire inexistants, il y a trop de points communs pour que ce ne soit pas le même tueur... Nous devons continuer à chercher le moindre indice, le moindre détail qui nous permettra d'avancer !

****

Ils arrivent rapidement sur la place de la Cathédrale, Caroline est impressionnée par la taille colossale de l'édifice. Les personnes, tout autour, paraissent si petites à côté. Samuel s'arme de sa tablette, il a récupéré tous les fichiers des photos prises le jour de la découverte du premier corps.

Il indique à son équipière la zone d'investigation, ils souhaitent étudier le lieu exact où la victime se trouvait. Vu de l'extérieur, on pourrait penser à deux touristes ayant perdu leur chemin. Cela les fait sourire, après tout, il y a une part de vérité, ils ne sont pas de Strasbourg et cherchent à savoir par où le tueur est passé pour déposer le corps sans être vu !

La jeune femme analyse les lieux, on peut atteindre la place par plusieurs chemins puis, en réfléchissant, elle a une idée.

— Samy, tu as un plan de la zone ?

L'enquêteur acquiesce, il cherche sur sa tablette et la tend vers Caroline. Elle prend l'outil, elle semble rechercher une chose précise qu'elle trouve rapidement.

— Si l'on reprend les lieux du second et troisième meurtre, il n'y aurait qu'une route qui nous y emmène d'ici !

Elle tend le doigt vers la zone à droite de la cathédrale. Elle explique son hypothèse à son équipier, la première victime gisait sur cette place, dans une mise en scène religieuse. Les bras tendus et les jambes serrées comme Jésus, les pieds en direction de la cathédrale comme si on souhaitait que la morte se repente face à Dieu. On peut donc penser que le meurtrier a un lien avec la religion.

Une règle existe en psychologie criminelle selon laquelle les tueurs en série ont tendance à rester dans leur zone de confort. En prenant en compte tous les meurtres, il est possible de dessiner un cercle, d'établir une zone précise ; en suivant cette règle, le chemin pris par le tueur se dessine petit à petit.

Caroline sort son carnet et prend quelques notes, dessine un croquis. Peu habituée à l'usage des tablettes et des smartphones comme outils de travail, elle préfère se servir de papiers et de stylos. Cette habitude vieillotte amuse toujours autant Samuel malgré le peu d'années les séparant.

Soudain, l'inspectrice remarque un homme à quelques mètres d'eux, de taille moyenne, cheveux châtains, plutôt svelte. Il donne l'impression de les surveiller, de les guetter. Son comportement étrange interpelle la jeune femme. Mais ce qui la surprend le plus est la capacité de cette personne à passer pratiquement inaperçue, elle ne l'a pas remarqué tout de suite. Elle fait signe à son collègue, il serait intéressant de lui parler et de le questionner…

Alors qu'ils commencent à s'approcher, l'inconnu leur sourit et les rejoint. Il souhaite donc leur parler, mais de quoi ? De qui ? Qui est-il ? Que leur veut-il ? A-t-il un lien avec leur enquête ?

Il se présente et leur donne sa carte de visite, Friedrich Schneider, journaliste à Paris. Étant très proche d'un des enquêteurs strasbourgeois, il savait que des renforts viendraient des Vosges. Et, en les voyant, il a tout de suite compris que c'étaient eux.

Il leur explique tout : la mort de sa mère qui l'a fait revenir en Alsace, un article de journal sur la découverte du premier cadavre qui l'a amené à prendre contact avec la police, son instinct de journaliste qui s'est mis en route. Il souhaite les aider dans leur enquête, mais à une condition, le scoop ! Caroline l'écoute attentivement, elle le trouve intriguant et arrogant. Il ne les a jamais vus et, pourtant, il se permet une certaine familiarité. Elle n'apprécie pas son comportement !

Quelque chose cloche avec ce type ! Il ne me paraît pas franc...

Mais, avoir un allié qui connaît le terrain peut être un plus... Et c'est tout naturellement qu'elle accepte la proposition.

Friedrich en est heureux et le fait savoir. Et, sans attendre, il partage les informations qu'il possède, il se met, même, à jouer au guide touristique. Samuel l'écoute attentivement, acquiesçant chaque nouvelle information. Au contraire, Caroline ne l'écoute que d'une oreille, trop occupée à essayer de trouver le moindre indice, le moindre détail, l'étincelle, l'idée qui émergera de sa réflexion. À ce jour, ils n'ont rien pour avancer, rien pour débuter positivement cette enquête... Non, ils n'ont que des morts, des cadavres qui s'accumulent sans lien les uns avec les autres !

Le journaliste continue de parler, d'expliquer. Puis, son discours change, et le voilà en train de détailler l'architecture de la Cathédrale ! Il invite même les deux policiers à y entrer et, après quelques hésitations, ils acceptent. Peut-être qu'un des hommes d'Église a vu ou entendu quelque chose de suspect le soir où la première victime s'est vue déposée à quelques mètres de l'entrée du lieu sacré.

****

À peine le seuil dépassé, Caroline ressent un frisson. Le froid lui prend aux pieds, remontant les jambes, le dos, les bras et enfin la tête. La jeune femme a la chair de poule et se frotte les bras pour tenter de se réchauffer. Soudain, elle entend un petit rire dans son dos. Elle se retourne et se retrouve face à un homme en soutane, chauve.

L'homme, ayant été repéré, s'excuse.

— Veuillez m'excuser pour mon comportement ! J'espère ne pas vous avoir gêné…

— Non, non, il n'y a pas de souci, mon…

— Mon excellence… Je suis l'évêque Karl Frantz.

— Caroline Dupuis.

— Mademoiselle Dupuis, vous l'avez ressenti, n'est-ce pas ? Ce froid glacial venant du sol !

— Oui, en effet… J'ai eu un frisson dès mon entrée…

— C'est à cause du Diable !

— Du… Diable ?!

— Oui, on raconte que le Diable en personne s'est retrouvé enfermé dans le sol de la Cathédrale… Ses amis, les vents qui le portaient, le recherchent depuis de nombreuses années, des siècles ! Ce frisson que vous avez ressenti, ce sont eux qui soufflent !

— Aaah, je ne connaissais pas cette histoire ! Mais, dites-moi, vous semblez savoir beaucoup de choses… Vous avez peut-être des informations sur le cadavre retrouvé dehors, sur la place ?

L'évêque a un moment d'arrêt. Le remarquant, Caroline sort sa plaque et lui précise la vraie raison de sa venue. Il retrouve un peu de sérénité et lui explique que de nombreux curieux et journalistes sont déjà venus en ces lieux et qu'il a cru qu'elle était l'un d'entre eux. Une nouvelle fois, il s'excuse pour cette méprise.

L'enquêtrice débute ses questions, mais ces dernières ne trouvent pas de réponses. Le religieux n'est au courant de rien, il ne peut l'aider. Mais, avec beaucoup de gentillesse dans le regard, il informe la jeune femme qu'il demandera, à nouveau, et ce depuis la découverte du corps sans vie, à ses paroissiens d'aider le plus possible la police à découvrir la vérité, de ne pas garder pour eux des informations qui pourraient être primordiales au bon avancement de l'enquête.

Après de longues minutes de discussion, l'homme la salue et repart à son bureau, loin du tumulte des touristes.

Caroline rejoint ses deux comparses. Elle leur fait un rapide résumé de cette discussion et voit avec eux s'ils ont trouvé le moindre détail, le moindre indice. Mais, malheureusement, ils ont aussi fait chou blanc. Tout cela ne les menant à rien, ils prennent la décision de quitter les lieux pour rejoindre la zone où le second corps fut retrouvé.

À l'extérieur, Friedrich semble avoir une chose à leur dire. Il regarde tout autour de lui puis s'approche davantage des deux policiers. Il parle tout bas, murmure pour que personne ne puisse l'entendre à part ses interlocuteurs. Il les informe d'un élément troublant : les meurtres ont commencé deux mois après la nomination de l'évêque Frantz à la cathédrale de Strasbourg. Il précise tout de même qu'il peut s'agir d'une simple coïncidence, mais le fait que cette ville si calme d'ordinaire subisse ce genre de situation, qu'un tueur en série frappe aujourd'hui dans les rues strasbourgeoises juste après l'arrivée de cet homme peut paraître étrange.

Les deux inspecteurs lui indiquent qu'ils en prennent note et qu'ils vérifieront si l'homme d'Église a un quelconque lien avec les victimes. Le journaliste prend ensuite congé, il souhaite travailler sur son futur article. Il leur donne sa carte de visite et les quitte, leur précisant de ne pas hésiter à l'appeler s'ils ont besoin de son aide.

Pas d'indices, pas de témoins, des soutiens de personnes paraissant amicales... Encore une enquête simple ! Mais pourquoi ai-je accepté ?...

3

Friedrich quitte la Place du Château pour rejoindre la Médiathèque Malraux. Il se dirige vers le Quai Saint-Nicolas, traverse les Places d'Austerlitz, du Maréchal de Lattre-de-Tassigny, prend le pont et passe devant la Cité de la Musique et de la Danse. Il continue sa route jusqu'à destination.

Il entre dans le bâtiment, s'installe sur un des ordinateurs à disposition du public et commence à chercher des informations sur les nouveaux venus. Il découvre rapidement qui ils sont, leurs noms sont cités dans de nombreux articles de journaux ; Vosges Matin, L'Est Républicain ont déjà parlé d'eux et de leurs exploits. Ce duo d'enquêteurs a, à son actif, un grand nombre d'arrestations, et que des tueurs. La jeune femme chasse les assassins depuis une dizaine d'années. Friedrich est impressionné par autant d'expériences, il n'en avait pas eu l'impression tout à l'heure lorsqu'il les a rencontrés devant la Cathédrale.

De vrais spécialistes de ce genre d'affaires... Je n'aurais pas deviné au vu de leur façon d'être...

Il prend quelques notes puis quitte les lieux. Il reprend sa route pour retourner chez lui, ou plutôt chez sa défunte mère. Depuis la mort de cette dernière, il vit dans son appartement en attendant de le vendre et repartir à Paris. Mais, avec ses différents meurtres, il a retardé son départ.

Il traverse quelques rues, atteint l'immeuble, y entre et monte au troisième étage. Il cherche machinalement ses clefs dans son sac à bandoulières, tout en avançant marche par marche. À peine au palier de la porte, il entre, ferme la porte derrière lui et glisse la clef dans la serrure. Une habitude prise depuis qu'il vit seul.

Il jette négligemment son sac sur le canapé avant de partir dans sa chambre.

Il s'installe à son bureau ; au mur, un tableau regroupant toutes les informations récoltées sur l'affaire. Une carte de la ville y est accrochée, et dans chaque zone où un corps a été retrouvé, la photo des victimes. Mais, à la différence de la police, une photo supplémentaire y est épinglée. Un cliché de sa mère décédée, avec une question : « Victime ? » écrite au marqueur noir. Il n'imaginait pas la perdre si jeune, devenir orphelin à l'âge de trente-trois ans. Même s'il ne la voyait plus aussi souvent à cause de la distance, ils étaient très proches, très liés. Et sa mort fut un choc pour lui, ne plus jamais voir le sourire de cette femme qui s'était toujours sacrifiée pour lui et pour les autres…

Il avait tant de choses à lui dire. Mais il n'en a pas eu le temps, on lui a volé sa vie. Et puis, il n'était pas là pour la soutenir au pire moment. Il n'a pas eu l'occasion de lui dire qu'il l'aimait une dernière fois, il n'a pu la serrer dans ses bras, une ultime fois. Non, au contraire, le dernier souvenir qu'il a d'elle, c'est son corps allongé sur la table du légiste, un drap blanc posé négligemment pour cacher le massacre de l'autopsie. Mais, ce qui le choqua le plus fut cette sérénité sur le visage inerte de sa mère.

Comme si sa mort était un soulagement, comme si elle avait enfin trouvé le repos qu'elle recherchait, qu'elle méritait. Il s'était même demandé, à cet instant, si mourir n'avait pas été un soulagement pour cette femme si frêle.

Il fixe longuement le récapitulatif, réfléchit. Puis, il retourne au salon pour récupérer son calepin. Après cette journée, de nouveaux éléments sont apparus : une nouvelle victime, un nouveau lieu du crime et du sang neuf du côté de la police. De nouveaux alliés qui pourront l'aider à découvrir la vérité…

Enfin, il l'espère !

Après avoir mis à jour son enquête, il décide de se préparer un sandwich. Il n'a rien mangé depuis ce matin et son estomac commence à crier famine. Réfléchir, se concentrer sur l'affaire est très difficile quand on a le ventre vide !

Il ouvre le frigo, regarde ce qui lui reste et en sort du jambon, du beurre, un pot de cornichons et le reste du camembert. Il pose tout sur le plan de travail et, alors qu'il attrape le pain, remarque deux-trois champignons frais. Il les prend aussi et les pose sur la planche en bois afin de les découper finement. Il les ajoutera au reste. Une fois tout cela prêt, il part s'installer sur le canapé et, tandis qu'il commence à manger, tend son bras vers le sol, à côté du bord du divan. Lorsqu'il remonte le bras, il tient une bouteille de bière qu'il décapsule grâce au rebord de la table basse. Il avale rapidement sa bouchée puis prend une grande gorgée du breuvage houblonné.

Il termine rapidement son repas avant de repartir sur sa réflexion. Depuis son retour en Alsace, il a pris l'habitude de manger sur le pouce, préférant se concentrer sur les victimes et la recherche du coupable. Et, parfois, ce manque de sérieux, cette négligence, son corps le lui rappelle. Il a de temps en temps de légers maux de tête qui passent rapidement après s'être restauré et avoir pris quelques cachets.

Même si sa rencontre avec les deux agents vosgiens était sympathique, il ne leur fait pas encore suffisamment confiance et préfère travailler de son côté. Son métier de journaliste lui a appris à se méfier des autorités et à croire ses propres informations au lieu de celles données par la police. Il est tellement facile de modifier, d'altérer la vérité…

Il sait déjà qu'il ne leur parlera pas de ses soupçons sur la mort de sa mère, par peur qu'on ne le prenne pour un fou, pour un tordu et qu'on le mette de côté, qu'il ne puisse plus participer à l'enquête ! Même lui le sait, il n'est pas neutre dans cette affaire. Ses soupçons se portent déjà sur une personne précise, l'évêque Karl Frantz, mais, sans preuve, il ne peut l'accuser.

Il fait rapidement un résumé des informations qu'il possède et qu'il donnera aux enquêteurs, même s'il soupçonne qu'ils les possèdent déjà. De son côté, il espère pouvoir en obtenir davantage de la part des policiers et, ainsi, avancer. Il n'a d'ailleurs pas caché son intérêt pour le nouvel évêque dont l'arrivée coïncide avec le début des meurtres. Mais, la question qui se pose s'il s'agit vraiment du tueur, pourquoi choisir ces personnes ? Pourquoi ces massacres ? Et surtout, Friedrich a hâte de connaître la raison de la mort de sa mère ! Elle qui n'était que bonté, une vraie femme de foi. Tous les dimanches, elle faisait partie des premières arrivées pour la messe.

Une fois terminé, il fourre les feuilles dans un porte-document et le range dans son sac. Il le déposera à l'hôtel de police demain, à la première heure. Il est encore tôt, le trentenaire décide de continuer à travailler sur son enquête.

Il ouvre le tiroir de la commode et en sort un carnet noir. Il s'installe sur le canapé et commence à le feuilleter, faisant des va-et-vient entre les pages. Il prend quelques notes puis range le carnet à sa place attitrée.

Cela fait des heures qu'il travaille, le soir est tombé. Friedrich s'étend, prend une veste et son portefeuille. Même s'il commence à se faire tard, il doit sortir. Son frigo réclame d'être rempli !

Il quitte son appartement pour revenir plusieurs heures après. Il range rapidement ses courses, met à réchauffer une pizza quatre fromages au micro-onde avant d'aller se doucher. Le reste de sa soirée se passe tranquillement devant la télévision, le journaliste a besoin de décompresser et de reposer son cerveau au point où il s'endort devant l'écran.

Il se réveille au début de la journée suivante, la nuit étant encore là. Friedrich se redresse, ses muscles sont endoloris, sa nuque raide. Il prend quelques secondes, assis face au poste de télé. Il se frotte la nuque, la masse pour retirer cette tension incessante. Depuis l'enterrement de sa mère, sa nuque le fait souffrir, les massages et les antidouleurs ne fonctionnent pas… On lui a déjà conseillé d'aller voir un médecin, mais il n'a pas le temps, pas l'envie non plus ! Et puis, ça va passer… Un jour… En attendant, il préfère utiliser son temps pour découvrir l'assassin de sa mère, pour l'arrêter.

La douleur s'atténuant suffisamment, il attrape son téléphone et regarde l'heure. Il n'est qu'une heure cinq du matin. Et le sommeil n'est plus là… Comme toutes les nuits, d'ailleurs !

Ses insomnies, cette douleur, vivement que tout cela s'arrête !

Et, comme à chaque fois, il quitte son appartement, il continue son errance nocturne. Toujours en quête d'indices, d'informations. Comme tout bon journaliste, il fouille les moindres recoins de la ville. Et sa marche le fait toujours aller au même endroit, dans le secteur de la Cathédrale. Peut-être qu'il le croisera, le meurtrier qui commence à faire trembler Strasbourg !

4

Un nouveau jour se lève sur la cité alsacienne.

Caroline et Samuel ont quitté Saint-Dié depuis plusieurs jours. Ils se sont habitués à la ville et arrivent à se retrouver. Pourtant, ce n'était pas gagné ! Il leur aura fallu presque une semaine pour ne plus se perdre…

L'enquête a très peu avancé, ils ont repris le dossier de A à Z, ont analysé chaque autopsie. La dernière victime a reçu un coup sur la tête et ses poignets ont été tranchés lorsqu'elle était évanouie. Au vu des différentes traces dans la baignoire et des marques sur son corps, le médecin légiste en a conclu qu'elle s'est réveillée, certainement à cause de la douleur, et s'est débattue, le tueur l'aurait bloquée au fond de la baignoire pour que la femme se vide de son sang. Sang dont la quantité ne serait, pourtant, pas suffisante et indiquant que le meurtre n'a pas pu avoir lieu dans cette salle de bain.

Mais, le point positif est qu'un cheveu a été retrouvé

sur la morte et il ne lui appartient pas ! Il est en cours d'analyse. Par contre, une nouvelle fois, la victime n'a pas de liens avec les deux autres. Les enquêteurs soupçonnent l'assassin de choisir ses proies au hasard. À moins qu'un détail n'ait été manqué ! Et cela, Caroline ne veut pas y penser !

C'est pour cela qu'elle et son acolyte repassent tous les jours le dossier au peigne fin. Il ne faut surtout pas louper d'indices ni d'informations qui pourraient les faire avancer.

Dès le lendemain de leur arrivée à Strasbourg, ils ont pu récupérer des informations de la part du journaliste rencontré sur la place de la Cathédrale. Mais, cela ne leur a rien apporté de plus, excepté un document très bien mis en page résumant toutes les informations connues sur les deux premières victimes. Ils l'ont recroisé régulièrement, l'inspectrice le trouve, d'ailleurs, trop présent et trop curieux. Avec l'expérience, Caroline a pris l'habitude de se méfier de tout le monde et surtout des journalistes, des « journaleux » comme disait son ancien collègue Titi.

Ils ont l'habitude de fouiner et de déformer la réalité. La police a déjà eu trop souvent des problèmes suite à des déclarations fausses, modifiées, arrangées ou même sorties de leurs contextes. La jeune femme essaie toujours de les éviter, mais là, cela n'a pas été possible. Il faut dire qu'il les a pris par surprise et ils n'ont pas su comment réagir face à cette personne. Un lieu inconnu, des personnes qu'on connaît depuis quelques minutes, quelques heures, que des éléments pouvant perturber et empêcher de répondre, d'agir naturellement. Et voilà le résultat : un journaliste collé à leurs basques !

Et ça va leur être compliqué pour s'en débarrasser... Surtout avec la taupe qui lui donne toutes les informations et est fière d'aider son ami ! Mais ce qu'il ne sait pas, c'est que Caroline a l'habitude et qu'elle sait gérer ce genre de chose. Samuel et elle garderont certaines informations secrètes, surtout si ces dernières peuvent faire avancer l'enquête et stopper le tueur.

Sur les conseils de Friedrich, ils ont cherché des liens entre les victimes et l'évêque Karl Frantz. Ils ont fouillé dans le passé des trois morts, ont interrogé l'homme d'Église, ont fouillé aussi dans son passé. Rien, les policiers n'ont absolument rien trouvé qui pourrait relier ces quatre individus. Le seul détail retenu, Lisbeth Haas, la première victime, avait l'habitude d'aller à la messe tous les dimanches. Lorsqu'ils ont interrogé le saint homme, ils lui ont montré des photos des décédés. Le cinquantenaire n'a pas semblé les connaître ni les reconnaître. Il a même demandé s'il devait les avoir déjà côtoyés, et lorsque les enquêteurs lui ont expliqué que Lisbeth était une de ses paroissiennes, il est resté muet, cherchant dans ses souvenirs.

Après plusieurs secondes à fouiller dans sa mémoire, il leur a avoué ne pas se rappeler cette personne, son visage ne lui disant rien. Il faut dire qu'elle est morte très peu de temps après son arrivée sur Strasbourg et qu'il ne connaît pas encore tous ses concitoyens ! Son regard transpirait l'honnêteté. Caroline l'a bien noté, mais, prudente, préfère conserver le doute. Certaines personnes sont capables de mentir sans laisser transparaître un quelconque regret, son expérience en criminologie lui a plusieurs fois démontré que, sans preuve du contraire, il faut se méfier des personnes trop honnêtes.

Le passé, le présent, les informations ne concordent pas entre elles et ne permettent pas de dessiner une carte de la psychologie du tueur…

Aujourd'hui, suivant une idée de Samuel, ils vont se concentrer sur les âges, les dates de naissance. Et si le meurtrier choisissait ses proies en fonction de ces critères ? Ou est-il un adepte de la numérologie ? De l'astrologie ?

Ils reprennent chaque document, notent sur le tableau les dates de naissance en face des noms des victimes :

- Lisbeth Haas, femme, 54 ans, née le 2 avril, bélier
- Marcel Simon, homme, 64 ans, né le 30 décembre, capricorne
- Martine Schmidt, femme, 54 ans, née le 6 mars, poisson

Puis, ils relient les informations qui peuvent l'être. Les deux femmes étaient de 1964, mais pas l'homme qui a dix ans de plus, elles sont du premier semestre, pas l'homme qui est de la fin d'année. Ils n'ont pas le même signe astrologique, pas de chronologie non plus. En numérologie, les policiers ont 8, 7 et 2. Côté initiales, cela ne fonctionne pas non plus, deux MS et un LH.

Finalement, l'équipe n'a pas avancé d'un pas. Ils n'ont trouvé aucun lien entre les victimes, n'ont toujours pas découvert les vrais lieux des crimes, l'endroit où les deux premières victimes sont réellement mortes. Les choses connues sont des détails : le tueur est droitier, il tue toujours à l'arme blanche tous les quinze jours et ses victimes sont conscientes au moment de leur mort. Il est clair que le meurtrier est sadique, cela signifie un traumatisme, un certain amour de la violence, une forme de rage. Il est forcément lié à ses victimes ou ce qu'elles représentent pour lui !

Mais que représentent-elles ? Pourquoi les avoir choisies ? Pourquoi cette colère, cette rage ? Toutes ces questions restent, pour l'instant, sans réponse, mais ce qui inquiète Caroline est le temps qui leur manque. En suivant la temporalité entre les meurtres, l'assassin devrait bientôt passer à nouveau à l'acte. Le délai des quinze jours sera atteint dans trois jours et, sans plus d'informations, il leur est impossible de découvrir qui sera sa prochaine victime : un homme ? Une femme ?

La jeune femme le sait, à ce rythme, ils auront un nouveau cadavre sur les bras, une nouvelle victime. Ils doivent trouver la clef pour empêcher cela. Ils n'ont plus le temps de tergiverser ni de se reposer. Elle prend alors une décision : tant qu'ils n'auront rien de plus, ils travailleront même si cela signifie des nuits blanches. Le temps est compté et, même si cette décision peut poser problème à certains de ses collègues, ils doivent agir, se donner à fond pour ne pas avoir de remords. Une vie est en jeu, ils ne doivent pas l'oublier.

Ils reprennent tout depuis le début. Ils doivent repasser au peigne fin les appartements, la voiture où la seconde victime fut retrouvée. D'autres agents reprendront tous les éléments de l'enquête et tenteront de les développer davantage, il faut approfondir encore plus les recherches. Un détail leur a échappé pour l'instant, mais l'inspectrice le sent, son instinct lui dit de continuer à fouiller dans le passé des victimes.

Ils ont loupé quelque chose et ils doivent découvrir quoi le plus vite possible. Dans moins de soixante-douze heures, le tueur repassera à l'action. Et cela ne doit pas arriver !

Rien n'est fait pour nous aider... Peu d'indices, un tueur au comportement difficile à comprendre, des analyses qui prennent un temps fou ! Mais nous n'avons pas le temps !... Même si nous allons tout faire pour l'en empêcher, je sais que nous aurons une autre mort... Et ce sera de notre faute, de notre incapacité !

****

Friedrich s'est réveillé avec un mal de tête carabiné. Et sa migraine ne l'a pas lâché de toute la journée, malgré tous les médicaments pris. Il n'a pas pu travailler comme il l'aurait souhaité. Impossible de se concentrer. Il prévoyait de passer au commissariat, mais son état ne le lui a pas permis.

Il se frotte les yeux avec sa main droite, sa vue est un peu trouble aujourd'hui. Il reste un moment avec sa main sur ses yeux fermés, cherchant du soulagement. Sa tête le fait souffrir, un marteau-piqueur s'y est installé et ne veut pas s'arrêter. Chaque mouvement, chaque son, chaque rai de lumière lui rappellent sa douleur. Ce n'est pourtant pas sa première migraine, mais celle-ci est particulièrement virulente.

N'arrivant à rien, il décide de tout arrêter et de se reposer. À ce stade, seul du repos, du calme dans une pièce sombre lui sera bénéfique. Il quitte sa chaise, s'arrête devant le calendrier où chaque jour passé est marqué d'une croix rouge.

Plus que trois jours...

Il débarrasse rapidement le lit, baisse les stores au maximum. Plus une seule lumière ne peut entrer dans la pièce. Il prend, une nouvelle fois, des ibuprofènes avant de s'écrouler sur son lit. Il tombe, rapidement, dans les bras de Morphée.

Lorsqu'il se réveille, la nuit est déjà tombée. Sa tête ne le fait plus souffrir, dormir lui a fait beaucoup de bien. Il se sent reposé. Il donne un rapide coup d'œil à son réveil, il est déjà vingt-trois heures passées.

Une journée de perdu... Et puis, il est trop tard pour rendre visite aux inspecteurs...

Son estomac se rappelle à lui. La migraine ne lui a pas permis de manger de toute la journée et sa sieste de presque dix heures n'a rien arrangé de ce côté-là. Affamé, il dévore tout ce qu'il trouve. Fruits, gâteaux, pain y passent. Il ne prend même pas le temps de se préparer un bon repas.

Il se sent tellement en forme malgré l'heure un peu tardive, qu'il souhaite privilégier son travail à la nourriture. Il reprend là où il s'est arrêté plus tôt dans la journée. Tout comme l'équipe d'enquêteurs, il sait qu'il n'est plus temps de traîner.

Il tape sur le clavier de son ordinateur, lit, prend des notes, imprime quelques documents. Il travaille pendant plusieurs heures. Il note toutes ses hypothèses, tente de les prouver, de raccorder ses informations. Il s'arrête lorsqu'il entend les premiers bruits de vie de l'immeuble, de la rue. Il prend le temps de photocopier toutes ses recherches et ses notes avant de se coucher vers quatre, cinq heures du matin.

Il dormira un peu et demain, il passera à l'hôtel de police pour apporter le dossier. Il est persuadé d'avoir trouvé des éléments qui seront utiles à l'enquête…

5

Trois jours de recherche, trois jours d'enquête, et, comme nous le pensions tous, le tueur a à nouveau frappé...

Friedrich aurait souhaité accompagner les enquêteurs, mais, malheureusement, simple journaliste, il ne peut passer le cordon de police. Des agents sont postés tout autour, personne, en dehors des agents autorisés, n'a le droit d'être sur la scène de crime. Rien ne viendra la salir, il est déjà suffisamment difficile à l'équipe de trouver des indices. Le trentenaire tend l'oreille, scrute toute la zone. Il espère repérer des détails, apprendre qui est la victime, cette fois-ci. Même s'il sait qu'il pourra obtenir des informations de la part des inspecteurs en charge de l'enquête, Caroline et Samuel.

Une nouvelle fois, le corps est déposé près de la place. Juste à son entrée, mais côté ouest de la Cathédrale contrairement aux autres corps retrouvés côté est. Friedrich est trop loin pour voir l'état du cadavre, impossible de savoir s'il peut s'agir du même tueur.

Il remarque l'arrivée du médecin légiste. Il le suit du regard et remarque son visage fermé. Le journaliste est inquiet, que se passe-t-il là-bas, à, à peine, cinq cents mètres d'ici ? Tous les policiers s'affairent, certains restent avec le légiste, d'autres fouillent la zone à la recherche du moindre indice. Deux autres agents récupèrent les témoignages des personnes ayant trouvé le corps inerte. Le jeune homme suit tous les faits et gestes de chaque inspecteur, de chaque agent.

Soudain, il repère Samuel. Ce dernier s'est éloigné du groupe, il semble mal à l'aise, peut-être malade. Friedrich le fixe et, dès que l'homme donne un coup d'œil vers lui, lui fait signe. Le policier s'approche. Le journaliste en profite, alors, pour lui poser quelques questions.

— Vous n'avez pas l'air bien, malade ?

Samuel a un haut-le-cœur, met sa main devant la bouche comme pour s'empêcher de vomir, puis lui répond.

— Non, non, c'est juste… Juste que j'ai du mal avec les cadavres… Je ne… Je ne supporte pas la vue du sang…

— C'est si moche que ça, là-bas ?

— M'en parlez pas !

Il a, à nouveau, un haut-le-cœur. Il s'excuse auprès du trentenaire, Friedrich comprend vite qu'il ne pourra pas obtenir plus d'informations. Il devra attendre encore un peu et prendre son mal en patience.

****

Caroline ne s'attendait vraiment pas à ça. La femme gisant

au sol est complètement éventrée, les viscères à l'air. Elle comprend très vite que le corps a été déplacé, un tel carnage ne peut engendrer aussi peu de sang.

Aucun papier sur la victime, il faudra attendre l'identification. La plaie n'est pas habituelle, en diagonale. Le médecin-légiste aura beaucoup plus de travail que sur les autres victimes : récupération des empreintes, analyse de la plaie pour connaître le sens de coupe, l'arme utilisée et croisement avec les informations déjà connues pour savoir s'il s'agit du même meurtrier.

L'enquêtrice voit directement avec lui, le délai pour les résultats. Plus tôt ils auront son rapport, plus vite ils pourront se remettre au travail. Ils attendent déjà les résultats ADN, il serait parfait d'avoir le rapport rapidement. Le médecin, conscient de l'importance de ses travaux pour l'avancée de l'enquête, lui explique que ce corps sera prioritaire. Ils auront les premiers résultats de l'autopsie avant la fin de la journée. Pour les autres analyses, il faudra attendre un peu plus longtemps, mais il lui promet d'aller le plus vite possible et d'essayer de leur envoyer un maximum d'informations dès demain.

La jeune femme le remercie et le laisse emporter le corps. Elle se concentre sur le reste de la zone et remarque que son acolyte est aux côtés du journaliste Friedrich Schneider. Elle s'en agace avant de comprendre que Samuel est encore au plus mal après avoir vu le corps et ne risque pas de trop parler.

Il faut dire que, pour une personne ne supportant pas la vue du sang, des viscères éparpillés à même le sol, tout autour d'un corps n'est pas la meilleure situation pour garder son déjeuner… Tout naturellement, en repensant à la tête de son équipier, elle sourit. Cela l'amuse à chaque fois !

Elle reprend son sérieux quand elle se rend compte que d'autres agents la regardent d'un drôle d'œil. Elle va au renseignement, la zone n'est pas encore complètement vérifiée. En revanche, les témoignages sont tous pris. Caroline les récupère et décide de quitter la scène de crime. Elle fait signe à Samuel de venir la rejoindre, elle ne souhaite pas s'approcher du journaliste. Il n'a pas besoin d'avoir d'informations pour l'instant !

Le duo repart pour le commissariat. Là-bas, ils se pencheront sur tous les témoignages, les analyseront et récupéreront les infos utiles à l'enquête, en attendant les premiers résultats du légiste.

Sur le chemin, Caroline en profite pour se renseigner. Que voulait donc, encore, ce journaliste ? Samuel, toujours aussi naïf, lui répond, lui explique qu'il s'inquiétait pour sa santé. La jeune femme, pas dupe, l'écoute et se demande comment son équipier a pu réussir à entrer dans la police et, surtout, arrêter des tueurs sans se faire blesser, tuer… Mais, ce qui la surprend le plus ? La capacité de cet homme de passer de la naïveté, la crédulité extrême, excessive à l'enquêteur sûr de lui, capable de tout pour stopper les assassins !

Ils arrivent rapidement à l'hôtel de police, y entrent et s'installent de suite pour travailler. Il est temps de s'y mettre sérieusement !

****

Plusieurs heures passent, le tri des informations est fini lorsque les enquêteurs reçoivent la première partie du rapport de l'autopsie.

Les conclusions confirment qu'il s'agit du même tueur : une plaie à l'arme blanche, réalisée par un droitier. La victime était vivante lors de son éventration. Le tueur a ouvert l'abdomen de sa victime du bas vers le haut en diagonale, la manière dont le coup fut porté indique que l'assassin se trouvait face à la victime. La lame devait faire au moins vingt-cinq centimètres et a été enfoncée avec beaucoup de force et de rage pour réussir à couper les intestins. Le légiste précise aussi que pour réussir cela, le tueur a dû se servir de ses deux mains.

De minuscules particules ont été retrouvées sur le corps, contrairement aux autres assassinés sur lesquels rien ne fut trouvé à part un cheveu de deux centimètres et demi.

Le médecin a relevé les empreintes de l'inconnue, déjà en cours d'analyse. Il enverra les résultats dès qu'il les aura. Cependant, un autre document est joint à son mail. L'analyse du cheveu est enfin finie et un profil ADN est établi…

Malheureusement, la joie de découvrir ce document est écourtée. Les résultats ne sont pas aussi importants que prévu pour l'enquête. Ce qu'ils prenaient pour un cheveu n'est rien autre qu'un poil de chat.

Un chat… La bonne blague ! L'élément qui aurait pu nous aider, nous faire avancer n'est pas humain ! Ne nous sert à rien !

Caroline a un rire nerveux. Elle espérait beaucoup de ce cheveu, de ce poil et se retrouve avec rien de plus, un élément inutilisable pour l'enquête. Samuel ne cache pas non plus son dépit. Ils ne peuvent plus compter, maintenant, que sur les analyses des particules. En espérant que cette fois-ci, cela les aidera !

Après un moment de flottement, les inspecteurs impriment les nouveaux documents et reprennent le tableau. Ils y ajoutent les nouveaux éléments.

La nouvelle victime est encore une femme, la troisième déjà, de cinquante, soixante ans, un mètre cinquante-six pour quatre-vingt-quatorze kilos. Des marques aux poignets et aux chevilles indiquent qu'elle était attachée au moment de sa mort. Au vu du rapport, elle est morte pendant son éventration, les viscères les plus hauts ont été tranchés plus nets que les autres.

Ils ajoutent aussi un nouveau point sur la carte, le lieu

où le corps fut retrouvé. Pour l'instant, chaque victime a été déposée dans le secteur de la Cathédrale, mais aucune ne vivait dans cette zone.

Caroline annote de nouvelles hypothèses sur le côté droit du tableau : la zone de confort du meurtrier s'est agrandie, pourquoi ? Est-ce pour les mener en bateau ? Ou a-t-il une plus grande zone que prévu par la police ? Mais, malgré ce détail qui remet en cause le secteur géographique, un élément de profil des victimes se dessine davantage : l'âge des victimes. Le tueur ne s'attaque qu'à des personnes âgées entre cinquante et soixante-cinq ans. Que représentent ces âges pour lui ?

De plus, avec les différents rapports, le médecin légiste a conclu que le tueur devait être un homme plutôt jeune, âgé de moins de quarante ans. La force, la hargne et la rage dont il fait preuve aboutissent à cette conclusion.

Samuel fixe les informations avant de prendre la parole.

— En gros, on a un jeune homme qui n'aime pas les vieux !... Super comme profil de tueur !...

Sa collègue se retourne vers lui, presque choquée par cette remarque. Il pose sa main droite à l'arrière de sa tête qu'il baisse pour s'excuser. Mais son sourire de sale gosse, comme le lui fait souvent remarquer Caroline, ne s'efface pas.

Il faut dire qu'il n'a pas si tort… Le profil de cet assassin, ce meurtrier est très large, trop large pour permettre à l'enquête d'avancer, permettre de trouver un suspect. Rien qu'au commissariat, une dizaine de personnes y correspondent. Mais, cela permet tout de même d'écarter une personne, l'évêque Karl Frantz. Il ne correspond pas au profil, mais cela ne veut pas dire qu'il n'est pas lié au tueur, aux meurtres. Il entre même dans le profil des victimes…

Après tout, même si les lieux des différents crimes n'ont pas été définis, les cadavres s'accumulent dans le secteur de la Cathédrale… Pour la jeune femme, il est clair que cette dernière est un des éléments qui permettra la résolution de l'affaire.

Ne reste qu'à savoir comment… Il serait bon de surveiller davantage la zone…

6

Même si un profil se dessine, l'enquête piétine encore…

La police manque encore d'éléments. Les différentes analyses prennent du temps, les résultats tardent à arriver. Les nerfs des enquêteurs sont mis à rude épreuve depuis que le Préfet s'est rappelé à eux. La mairie les poussait déjà pour trouver le coupable le plus vite possible, mais là, ils ont aussi droit à une nouvelle mise sous pression.

Ils le savent très bien, sans eux, sans ces personnes qui ne pensent que politique, le temps est compté. La veille, un quatrième corps a été retrouvé et dans quatorze jours, s'ils n'ont pas découvert l'identité du tueur, s'ils ne l'ont pas arrêté, un autre cadavre viendra s'ajouter à la liste des morts.

Le commissaire a proposé au Maire de Strasbourg de lancer un appel. Plus aucune personne ne doit se promener dans les rues, seule. Les cinquantenaires et les soixantenaires doivent faire le plus attention. Si tous suivent ces conseils, les risques seront grandement diminués et le tueur aura plus de mal à choisir ses proies.

Caroline est de plus en plus sur les nerfs, elle ne comprend toujours pas, après dix ans dans la police, que les politiciens puissent se permettre de se mêler des enquêtes comme cela. Tout ça pour protéger leur petit confort, leur réputation !

Un tueur traîne dans les rues strasbourgeoises, de nombreuses personnes sont en danger. Ils risquent leurs vies à chaque coin de rue. Et ces gens-là ne pensent qu'à eux et à leurs avantages, ils ne souhaitent pas l'arrestation des meurtriers pour le bien des innocents, mais pour leur bien à eux. Et cela, Caroline ne le supporte pas !

Si elle a choisi d'entrer dans la police, ce n'est pas pour ça ! C'est par conviction ! C'est pour protéger, sécuriser ce pays ! Pour empêcher des individus malveillants d'agir !

Mais, malgré une nervosité grandissante, elle sait qu'elle peut compter sur son jeune équipier Samuel. Il sait la calmer, l'apaiser, l'aider à rester concentrer sur l'enquête en cours. Et elle en aura bien besoin…

C'est fou comme la patience n'a jamais été mon fort... Comme la politique m'agace quand elle se mêle de choses qui ne la concernent pas !...

Au moins, ils ont eu une bonne nouvelle, ce matin. La dernière victime a été identifiée. Il s'agit de Micheline Sapin, une femme née le 16 mai, Taureau. Elle avait cinquante-huit ans.

Dès connaissance de son identité, les enquêteurs ont fouillé sa vie, son passé et son présent, à la recherche des moindres faits et gestes qui auraient pu faire d'elle une proie pour le tueur. Et là, contrairement aux précédentes victimes, il y a du lourd. Cette femme avait passé sa vie à gagner de l'argent sur le dos des autres. De procès en procès, ses voisins, de simples inconnus, de grandes sociétés, la grande distribution au petit commerçant, personne n'était à l'abri. Elle avait pour habitude de mettre en justice tout le monde dès lors que cette femme ressentait un préjudice envers sa personne.

La liste de ses victimes est longue, très longue. Il va falloir beaucoup de temps, plusieurs heures, peut-être plusieurs jours pour tout éplucher, vérifier. Les policiers vont peut-être trouver des éléments intéressants, voire découvrir des suspects... Il faudra aussi vérifier le passé de ces personnes, il y en aura peut-être qui seront en lien avec les autres morts...

Ils se mettent au boulot de suite. Il n'y a pas de temps à perdre !

****

Friedrich n'a pas eu de nouvelles des agents de police depuis six jours, depuis la découverte d'un nouveau corps. Il en est même déçu, lui qui pensait être un de leurs alliés pour cette affaire.

Il a compris qu'il n'était pas leur priorité, qu'ils ne le considéraient pas comme une aide fiable lorsqu'il a découvert cet article dans le journal. Article qui parle de ce dernier meurtre, qui annonce le nom de la victime ! Les enquêteurs n'ont même pas pris la peine de le prévenir, d'échanger les informations avec lui... Pourtant, depuis le début, il n'hésite pas à donner de son temps, de sa personne pour faire avancer l'enquête !

La déception l'a cloué au lit pendant quarante-huit heures... À moins que ce ne soit ces satanés maux de tête... À chaque fois qu'il pense se débarrasser de cette migraine, elle revient encore et encore, toujours plus forte.

Il le sait très bien, il est en surmenage pour cette affaire, pour stopper le meurtrier de sa mère. Et, aujourd'hui, son corps le lui fait savoir. Il lui demande de se calmer, de prendre du repos. Mais, tant que le tueur court, c'est impossible. Il prendra des vacances après. Il se reposera une fois tout cela terminé.

Pour l'instant, il doit finir ses recherches. Maintenant qu'il connaît l'identité de la quatrième victime, il lui suffit de fouiller, de découvrir ses secrets. Il le sait, il le sent, la vérité n'est pas loin. Il doit continuer, ne pas se laisser aller.

Il prendra le temps qu'il faut, il écourtera ses nuits si besoin, mais, une chose est sûre, il ne laissera aucun détail, aucun indice lui filer entre les doigts. Il scrute attentivement son écran d'ordinateur, lit, clique, tape sur le clavier sans discontinuité. Il semble possédé. Et, à chaque moment de doute, de baisse de régime, il donne un coup d'œil à la photo de sa mère. Revigoré, remotivé, il repart dans ses recherches, dans sa quête.

À chaque information lui semblant importante, il note sur son calepin, reprend et ainsi de suite. Il vérifie un à un chaque nom récupéré, fouille le plus loin possible qu'il puisse. Mais, son travail est ralenti par le manque de moyens, s'il pouvait se servir des dossiers de la police, de leurs logiciels, il pourrait aller beaucoup plus loin plus vite. Il doit faire avec les moyens du bord et, pour lui, ce n'est plus suffisant.

Agacé et sentant la migraine, à nouveau, en approche, il s'arrête, se sert un verre d'eau et prend des cachets. Comme lui disait sa mère quand il était enfant, il vaut mieux prévenir que guérir.

Il s'allonge sur le lit, pose le dos de sa main droite sur son front et ferme les yeux. Il reste ainsi plusieurs minutes, attendant que sa tête se calme. Il a pris le pli, rester calme, essayer de se vider la tête et attendre d'aller mieux. Dès que le mal de tête sera parti, il reprendra. À moins qu'il n'aille faire un tour du côté du commissariat…

Il verra bien. Pour le moment, il doit arrêter de réfléchir et laisser son cerveau se vider de tout. Mais, à force de se laisser aller, il s'endort. Il se réveille quelques heures plus tard. L'après-midi est déjà bien avancée, il doit vite se remettre au travail.

Il repart dans ses recherches pendant une heure puis se décide à sortir un peu de chez lui. Marcher, prendre l'air lui fera le plus grand bien. Il en profitera pour passer à l'hôtel de police.

Je tenterai de recueillir des infos… Ils sont peut-être plus avancés… À moins que, sans le savoir, j'en aie récupéré qu'ils n'ont pas… Pas encore…

Il quitte l'immeuble, prend à gauche. Le soleil est encore haut dans le ciel et la brise légère est agréable. Cela le rend joyeux, il n'est plus aussi pressé de rendre visite à ces alliés.

Au point où il fait un large détour et, au lieu de mettre une trentaine de minutes, il se retrouve en face du bâtiment de la sécurité publique plus d'une heure après. Il semble plus détendu lorsqu'il prend la porte d'entrée. Il passe l'accueil sans problème et se dirige vers les bureaux des enquêteurs.

Il arrive au bon moment, une réunion a lieu. Discrètement, il s'installe dans le groupe et écoute, attentif. L'inspectrice en chef est en train de remonter le moral de ses troupes, elle énumère tout ce qu'ils ont déjà accompli. Friedrich remarque de nouveaux éléments sur le tableau. Des fragments de bois, du sapin, ont été retrouvés sur le dos de la dernière victime. Il repère aussi que le cheveu retrouvé sur l'avant-dernière victime est en réalité un poil de chat. Il semblerait qu'il s'agisse d'un Main Coon, un mâle. Par contre, la fouille de l'appartement n'a rien donné, la victime ne possédait pas d'animal de compagnie…

Il prend note de tout cela. Puis écoute à nouveau la jeune femme. Elle lui semble plus stressée que d'habitude. Il s'est passé quelque chose ces derniers jours, il en est sûr. Et, son instinct ne s'est pas trompé. L'équipe d'enquêteurs s'est fait remonter les bretelles par le préfet. Il n'accepte pas que l'enquête avance si lentement.

Encore un rigolo qui ne comprend rien à rien... Comme si une telle affaire pouvait se résoudre en un claquement de doigts !

Il ne récupère rien de plus. Le discours terminé, il fait signe à Caroline. Il repère de suite que sa présence pose problème. Cela l'amuse, un journaliste n'est jamais le bienvenu dans ce genre de situation. Il lui demande des nouvelles, il se renseigne sur sa santé, il ne voudrait pas que, comme lui, elle se tue au travail !

Il en profite aussi pour parler avec son équipier Samuel. Puis, une fois les formalités passées, il entre dans le vif du sujet. Il est temps d'échanger toutes les informations qu'ils ont, chacun, en leur possession. Il en apprend plus qu'il n'en donne… Il a eu raison de venir, les policiers sont plus avancés que lui. Il note tout puis décide de prendre congé.

Avec toutes ces nouveautés, il aura de quoi travailler, chercher de nouvelles pistes. Il propose de refaire un échange dans deux jours. Cette fois-ci, il téléphonera avant de passer, afin de savoir si leurs avancées respectives sont suffisantes pour une réunion.

L'inspectrice accepte et le laisse partir, montrant un brin de soulagement. Le journaliste ne relève même pas son comportement, il est trop concentré sur ses futures recherches.

Il rentre tranquillement chez lui. Cette sortie fut fructueuse : du travail en plus, une avancée légère dans l'enquête, de nouveaux éléments intéressants et, surtout, un apaisement retrouvé. Il dépose ses affaires négligemment, prend le temps de manger et décide d'aller se coucher. Son corps l'a rappelé à l'ordre encore aujourd'hui, il va se permettre de l'écouter pour une fois…

7

Au final, avec cette nouvelle victime, l'enquête a pris une nouvelle tournure. La police se retrouve avec une liste de suspects ne cessant d'augmenter.

À chaque nouveau nom, il en résulte deux autres et ainsi de suite. De nouveaux agents ont, même, été dépêchés pour aider l'équipe actuelle. Pour l'instant, aucune piste n'aboutit, mais, au moins, l'enquête n'est plus au point mort et, à force de fouiller dans le passé de Madame Sapin, ils espèrent découvrir des liens entre les différentes victimes.

Cela fait déjà plusieurs jours, et depuis sa dernière visite, que le journaliste Friedrich n'est plus apparu. Caroline en est soulagée, mais aussi, frustrée. Cet homme avait l'habitude de toujours être là dès qu'ils prononçaient le mot affaire ou enquête et, là, plus de nouvelles de lui… Elle en vient à espérer le voir débarquer à l'improviste au commissariat.

Manquerait plus qu'il soit la prochaine victime !...

Elle secoue la tête, et si ça arrivait ?! Il ne faudrait pas lui apporter le mauvais œil ! Même si la jeune femme ne l'apprécie pas, il serait mal vu, horrible de lui souhaiter une chose pareille.

Elle se concentre sur les documents posés devant elle, le travail ne va pas se faire tout seul. Elle relit, annote, surligne toutes les informations qui lui paraissent importantes et qu'il faudra approfondir. Elle prend son carnet, note quelques noms puis s'installe devant un ordi. Elle tape sur le clavier, attend, prend le temps de lire, barre un nom puis recommence. La liste diminue rapidement, mais en forme une nouvelle.

Après une cinquantaine de noms vérifiés, elle recule sa chaise, met sa tête légèrement en arrière et fixe le plafond. Elle a besoin d'une micro-pause. Les enquêteurs ont passé au peigne fin un tiers de la vie de la victime et ont fait chou blanc, et cela en cinq jours. Ils ont l'impression de ne pas avancer alors qu'en réalité, la vie de cette femme est tellement remplie d'affaires, de procès, elle s'est fait un nombre impressionnant d'ennemis.

Cette femme devait être le diable en personne ! Réussir à être détestée par autant de monde… C'est pas humain !

Elle se redresse, passe la main dans ses cheveux et repart au travail. L'objectif est de passer sous la barre des quarante ans, mais, à force de fouiller, les policiers se rendent compte que Micheline Sapin ne s'était pas calmée avec les années… Ils découvrent de plus en plus de noms, de plus en plus de personnes qui auraient pu lui en vouloir, auraient pu la tuer.

Ils en viennent à se demander s'ils arriveront au bout ! Ils ont déjà passé au crible des centaines de noms, plusieurs dizaines d'alibis sans résultat… Et cela n'est que le haut de l'iceberg !

La journée passe très vite, trop vite. Malgré un manque de résultat, ils ont tout de même réussi à atteindre leur objectif. En tout, depuis la découverte du nom de la victime, ils ont revu les vingt dernières années de sa vie. Ne reste plus que trente-huit ans à fouiller !

Mais, le temps va leur manquer. Cela fait déjà huit jours que le corps a été découvert et dans sept jours, un nouveau cadavre sera retrouvé, gisant dans une des rues avoisinantes de la cathédrale. Ils doivent encore accélérer tout en faisant attention à ne rien rater. La moindre erreur, la moindre omission pourrait compromettre l'enquête.

Ils quittent l'hôtel de police tard, la nuit est déjà bien avancée. Ils profiteront des quelques heures à venir pour se reposer, dormir.

****

L'aube n'est pas là quand l'équipe d'enquêteurs revient au bureau. La nuit fut courte, mais tout de même utile et reposante.

Samuel, par contre, n'a pas l'air en forme. Les cheveux ébouriffés, la chemise débraillée, des cernes impressionnants, Caroline ne saurait pas qu'il travaille avec elle, elle pourrait se demander ce qu'il fait de ses nuits.

Doutant de ses facultés aujourd'hui, elle lui offre directement un café dans un mug bien rempli. Cela le réveillera peut-être. Elle le regarde engloutir sa boisson d'une traite, sans respirer. Il reprend sa respiration une fois la tasse reposée sur le meuble, les personnes extérieures à la situation pourraient penser qu'il vient de faire un marathon. La jeune femme désespère, un jour il mourra par suffocation, juste à cause d'un verre trop rempli !

Après un début difficile, il est temps de se remettre dans l'enquête. Chacun reprend là où il s'est arrêté. Ils continuent leur investigation, leurs recherches. La liste raccourcit, se rallonge et ainsi de suite. À la mi-journée, ils ont à peine fini une année. Ils mangent sur le pouce, dans ce genre de situation, des sandwiches, voilà le repas idéal !

Ils ne s'arrêtent que pour reposer un peu leurs yeux, prendre du café, faire un point rapide, assouvir un besoin naturel. Le temps est compté, il faut l'économiser au maximum. Caroline voit avec le commissaire pour installer une zone de repos pour la nuit. Aucun membre de l'équipe ne rentrera chez lui ce soir.

Et, pendant qu'ils continuent leur fouille, d'autres agents s'affairent autour d'eux. Des lits de camp sont installés afin que les policiers qui ressentiront la fatigue puissent se reposer un peu.

Ils passent en revue tout, prennent contact avec les personnes les plus virulentes à l'époque, celles qui pourraient avoir encore de la rancune, vérifient leurs alibis. Ils éliminent un à un chaque suspect potentiel.

L'après-midi passe aussi vite que la matinée. Caroline, en bon chef d'équipe, ne souhaite pas démoraliser davantage ses troupes. Elle leur propose des pizzas pour le repas et confie la tâche des prises de commande à son bras droit, Samuel. En attendant l'arrivée du repas, les policiers continuent de travailler, mais à l'arrivée du livreur, ce dernier a la sensation d'être comme le messie. Il est reçu comme un roi, on lui parle gentiment, on l'aide à déposer les pizzas, on le remercie.

À peine est-il parti qu'une pause est décrétée. Même si elle est rapide, elle permet de remonter le moral des enquêteurs et de les remotiver. Ils dévorent leur repas tout en parlant de l'avancée de l'enquête, de leurs doutes, de leurs interrogations. Chacun émet des hypothèses, des idées. Au final, même s'ils sont en phase de repos, l'enquête est encore au cœur des discussions.

Caroline est impressionnée, il est rare de travailler

avec des personnes aussi motivées. Elle avait tellement pris l'habitude de se sentir seule durant ses enquêtes... Voir ses équipiers ainsi la motive et la soulage.

Si nous continuons ainsi, avec cet esprit d'équipe, de travail, je suis sûre que nous trouverons le coupable bientôt !

Après cette pause bien venue, ils reprennent. Malheureusement, se faisant tard, ils ne pourront plus prendre contact avec les personnes. Ils ne peuvent que lister des noms. Ils retirent les individus qui n'entrent pas dans les critères définis. Ce sera séance phoning à partir de huit heures et demie, neuf heures.

En attendant, ils récupèrent les données personnelles de chacun. Tout au long de la nuit, un turnover se met en place. Pendant que certains bossent, d'autres se reposent et inversement. Ainsi, aucun temps mort n'est déploré et le tri avance bien. À six heures du matin, il ne reste plus que les trente-deux premières années de la vie de la victime à fouiller.

Ils ne lâchent rien. En continuant sur ce rythme de travail, ils arriveront peut-être à trouver des suspects et, parmi eux, pourquoi pas le coupable. Même si la fatigue se fait ressentir, ils continueront sur leur lancée.

Les heures suivantes s'écoulent, la moitié de l'équipe s'arrête. Ils reprennent le listing et débutent les appels. L'autre moitié continue le travail habituel, récupérer les données et les vérifier. En fin de matinée, ils ont pratiquement fini de passer les coups de fil.

Dès la fin de la séance de phoning, ils rejoignent à nouveau le reste de l'équipe. Ils reprennent là où ils s'étaient arrêtés. Tout est bien organisé et coule comme la rivière. Finalement, la journée ressemble à la veille et le lendemain, le surlendemain, aussi.

L'investigation avance enfin à un bon rythme durant les jours suivants !

Le jour fatidique approche... Encore un effort ! Mon instinct est de plus en plus en alerte... Nous sommes sur la bonne voie, j'en suis sûre et certaine !

8

En ce jour de juillet, alors que les vacanciers, les touristes se font de plus en plus présents à Strasbourg, une nouvelle découverte macabre a eu lieu en début de matinée.

Un homme gît sur la place de la cathédrale, à l'ouest de cette dernière. La police est arrivée sur les lieux rapidement et, avant même d'être rejointe par le médecin-légiste, la cause de la mort est sue.

Et il en est de même pour son identité. L'homme aux cheveux grisonnants est très bien connu des services de police.

Cette fois-ci, la victime ne nous posera pas de problème ! Et le motif est apparent...

Il s'agit de Paul Zimmermann, connu sous le nom de Polo, un proxénète. Il a été castré et le tueur l'a laissé se vider de son sang. La rage et la rancœur sont le maître mot de la scène de crime. Le sexe de la victime lui a été enfoncé dans la gorge.

Comme pour les autres cadavres, des marques de ligatures sont présentes sur ses poignets et ses chevilles.

La question qui se pose à cet instant précis, est-il mort de la castration ou par asphyxie ? Et tandis que le légiste emporte le corps pour de plus amples examens, Caroline soutient son équipier en train de laisser son estomac se vider. Cette fois-ci, il n'a pas réussi à garder son sang-froid et laisse son corps agir comme il le souhaite. La jeune femme compatit, l'accumulation des meurtres de plus en plus gores et le manque de sommeil ont eu raison de lui.

Lorsque ce dernier se porte mieux, son équipière lui propose de marcher avant de rentrer au commissariat. Ils iront jusque chez Monsieur Zimmermann et réaliseront la fouille de l'appartement.

Pendant le trajet, elle lui propose même un café pour se requinquer. Le voir aussi mal lui fait mal au cœur. Même s'ils ne sont pas vraiment proches, elle a tendance à prendre soin de lui comme une grande sœur. À Saint-Dié, ses collègues se moquent souvent d'elle à cause de ça. Ils la comparent même des fois à une mère avec son enfant. Ce qui la vexe, Samuel et elle n'ont que cinq ans d'écart.

Ils marchent longuement et, avant d'arriver à destination, ils s'arrêtent dans un bar-café. Ils y commandent deux cafés, Caroline va même chercher un croissant aux amandes à la boulangerie juste à côté. Samuel la remercie à chaque petit geste, à chaque attention, rougissant et gêné par autant de gentillesse. Ces attentions, cette façon très humaine d'agir de cette inspectrice obsédée par les réussites, les arrestations des tueurs, le font toujours réagir. Même s'il ne le dit jamais, il adore cela. Il aime être son centre d'attention. Il sait très bien qu'il ne sera jamais plus qu'un collègue, un équipier, peut-être un jour, un ami et rien de plus. Mais cela ne l'empêche pas d'apprécier ces quelques moments volés, ils le réconfortent dans ses sentiments non partagés.

Oui, il l'aime. Pas de sentiments d'amitiés, oh non, de vrais sentiments d'amour. Il l'a aimé dès le premier regard, dès le premier mot et, pourtant, la froideur dont elle avait fait preuve à l'époque, et son charisme imposant auraient pu tout arrêter ! Mais il avait pu découvrir ses facettes douces, amicales, sa légèreté, son humour. Cette femme si calme et si réfléchie pouvait se transformer en furie. Quand elle trouvait une proie, elle ne s'arrêtait jamais jusqu'à obtenir suffisamment de preuves pour l'arrêter.

Admiratif de cette femme incroyable, il avait tout fait pour être affecté dans le même commissariat. Faisant croire qu'il souhaitait rester près de sa famille qui vit à Anould, son but réel était plutôt de travailler aux côtés de son idole. Seulement, il n'avait pas prévu que son admiration se transformerait en sentiments amoureux pour sa collègue. Mais, tout cela, il le sait, resterait en lui.

Jamais il ne pourra lui dire ce qu'il ressent pour elle ! Il gardera son secret enfoui au plus profond de son être ! Éternellement…

Ils finissent leurs tasses et reprennent leur route. Ils traversent la rue, s'engouffrent dans une petite ruelle et entrent dans le dernier bâtiment où les attende l'équipe scientifique. Ils regardent sur les boîtes aux lettres et montent les étages. Les escaliers en colimaçon sont légèrement déformés, les marches penchent.

Au quatrième étage, ils s'arrêtent à l'appartement douze, crochètent la porte et entrent. Le contraste entre l'immeuble vieillot et crasseux et l'appartement clarteux et riche en décoration moderne choque. Les enquêteurs marquent, d'ailleurs, une pause. Puis, ils se reprennent et débutent la fouille.

Ils examinent tous, le couloir, la pièce principale servant de salon et de salle à manger, la cuisine, la salle de bain et les deux chambres. Ils remarquent des affaires plutôt féminines au milieu de tout le reste. Les deux chambres sont habitées, mais qui est le second ou plutôt la seconde locataire ? Où est-elle ?

L'inspection ne donne pas grand-chose, ils récupèrent les dossiers, la tablette et l'ordinateur trouvés. Ils auraient aimé en apprendre davantage sur la seconde personne vivant là, mais, à part quelques affaires de toilette et des vêtements, rien ne permet de découvrir son identité.

En quittant l'appartement, ils posent un scellé et laissent une carte de visite dans la boîte aux lettres, demandant à être appelés. Ils repartent pour l'hôtel de police dans la foulée.

Une fois arrivés, ils laisseront les instruments aux spécialistes informatiques et analyseront les dossiers papier. Caroline prend le temps de faire un point et dispatche les activités. Ils doivent continuer leur travail d'investigation sur la vie de la quatrième victime, fouiller celle du nouveau mort et lire tous ses dossiers. Ils espèrent trouver un lien entre les deux victimes, ces deux personnes mortes par vengeance, semble-t-il… Et si un lien existe, cela signifiera que tous les meurtres n'étaient que des vengeances !

Il faut absolument travailler sur cette piste. Et le plus vite possible, quinze jours pour ce genre de chose, ce genre d'enquête, cela peut être court. Cela peut vite devenir complexe et long.

****

Depuis plusieurs jours, Friedrich ne quitte pratiquement plus son appartement, son lit. Les migraines sont de plus en plus fréquentes, de plus en plus fortes. Les médicaments ne font quasiment plus effet. Sa tête le fait tellement souffrir que le journaliste se demande si elle ne va pas exploser.

Il aurait aimé prendre contact, rendre visite à ses amis policiers, mais son état l'en empêche. Et les si peu de fois où il se sent mieux, il travaille, il enquête. Il lui arrive parfois, quand il est assez en forme, de sortir, de prendre l'air. Mais ses sorties sont de moins en moins fréquentes exceptées la nuit. C'est lorsque le soleil est couché qu'il est le plus en forme…

La lumière et les sons sont les plus durs à gérer. Le trentenaire n'ouvre, d'ailleurs, plus les stores, il préfère rester dans la pénombre. Il n'ouvre plus, non plus, les fenêtres, il faut que le moins de bruits possible entrent dans le logement. Il doit déjà gérer ses voisins ! Et aller les voir pour leur demander d'être moins bruyants est impossible pour le journaliste. Le moindre de ses mouvements le lance, les douleurs se font plus fortes à chaque geste brusque. Une personne extérieure pourrait même penser que le jeune homme a passé les quatre-vingt-dix ans tellement il bouge lentement.

Lorsqu'il se sert de son ordinateur, il utilise, en plus d'une luminosité faible, des lunettes de soleil pour diminuer la lueur de l'écran. Il ne peut pas rester dessus trop longtemps et cette limitation l'a énormément ralenti pour l'enquête.

La volonté de découvrir la vérité, de stopper l'assassin de sa mère est toujours intacte, mais malheureusement, son corps refuse de l'aider. Avant de se battre contre ce meurtrier, il devra combattre son propre corps. Peut-être devrait-t-il demander de l'aide ? Mais le faire maintenant n'est peut-être pas la meilleure idée. En faisant cela, il sera dans l'obligation d'expliquer pourquoi il s'est tu jusqu'à aujourd'hui. Les enquêteurs voudront savoir la raison qui l'a amené à ne pas parler de sa mère, de son meurtre… Et, au final, accepteront-ils de l'aider après cette trahison ?

La journée est déjà bien avancée et le soleil commence à se coucher. Friedrich se force à quitter son lit, il doit trouver le courage et la motivation pour tenter de travailler.

Il s'assoit au pied du lit, pose sa tête dans ses mains et attend quelques minutes que les lancements et les coups de jus se calment avant de se lever. Tout en se tenant le côté de la tête, il prend le chemin de la salle de bain. Se rafraîchir un peu lui fera du bien. Il se force aussi à manger un bout, malgré les odeurs de nourriture qui lui donnent la nausée.

Il s'installe sur le canapé, refait une pause avant de débuter ses recherches. Il chausse ses lunettes, allume son portable et suit ses quelques notes. Dès que les informations sont trouvées, il les imprime pour rester le moins longtemps possible devant l'écran. Une fois tout fait et imprimé, il éteint son ordinateur, retire ses lunettes du nez, se laisse aller en arrière, pose sa tête sur le dossier du divan et ferme les yeux quelques instants. Ces quelques actions l'ont épuisé.

Et savoir qu'il va devoir se lever pour récupérer ses impressions et les lire le démotive. Se concentrer sur les gestes de tous les jours est déjà un effort difficile et épuisant… Alors, se concentrer sur des documents, chercher le détail nécessaire à l'avancée de l'investigation l'est encore plus !

Sans le vouloir, il s'endort et, à son réveil, la nuit est tombée depuis un bon moment.

Fatigué par ces maux de tête malgré des heures de sommeil sans fin, le journaliste tente tout de même de travailler sur les documents qu'il a imprimés plus tôt. Il se force, annote, surligne certains passages. Toutes les feuilles y passent.

À peine fini, Friedrich décide de prendre un peu l'air. La fraîcheur de la nuit et son calme le soulagent à chaque fois. Avant de sortir, il avale des ibuprofènes et remarque que son stock de médicaments est au plus bas. Il devra faire l'effort d'aller jusqu'à la pharmacie, même si sortir de journée lui coûte.

Il soupire de dépit puis prend la porte. Ses migraines l'ont complètement décalé et ce ne sera pas évident de quitter son cocon lorsque le jour sera levé.

Sa sortie ne dure qu'une demi-heure, son corps refuse davantage d'effort. Et, une fois rentré, il retourne s'allonger. Si sa tête le lui permet, il poussera jusqu'au commissariat après le réassort de son stock de médicaments. Il tombe comme une masse et se rendort rapidement.

9

L'heure n'est plus aux recherches bureaucratiques ! L'enquête a fait un bond inattendu, les policiers chargés des résidus de bois ont fait une découverte importante.

Après des heures, des jours à chercher l'endroit d'où pouvaient provenir ces indices, ils ont, semble-t-il, trouvé le lieu des crimes : une scierie abandonnée près de la ville de Colmar. Caroline, Sam et leurs équipiers partent inspecter les lieux.

Enfin ! Alors que nous piétinions, voilà une piste valable ! Les choses bougent et dans le bon sens...

Le trajet semble durer une éternité malgré les cinquante-quatre minutes qui séparent Strasbourg de Colmar... Et, dès leur arrivée sur place, Caroline ressent un frisson. Tous ses sens sont en alerte ! Ce n'est malheureusement pas le cas de son collègue... Une forte odeur de chair pourrie mélangée à l'odeur ferrique de sang ne le laisse pas de marbre.

Samuel est déjà blanc comme un linge alors qu'ils n'ont même pas encore atteint l'entrée de la scierie. Son équipière lui propose gentiment de rester à l'extérieur. Il sera certainement plus utile dehors, à fouiller les alentours. L'air frais lui fera, surtout, le plus grand bien !

En passant le pas de la porte, elle se dit qu'elle a eu raison. L'endroit est digne d'un film d'horreur. Des traces de sang partout, un peu de sciure de bois pour cacher les massacres perpétrés en ces lieux, les scies sont tachées, des lambeaux chairs y sont encore présents. Elle s'approche des ateliers, encore du sang séché… Le tueur n'a même pas pris le temps de nettoyer, un trop plein d'assurance ? Ou juste un manque d'expérience ?

A-t-il été gêné ?

Elle analyse tout, elle essaie de comprendre les motivations du tueur.

Comment peut-on être si négligent ? Tout le contraire des corps retrouvés ! Le tueur nous prouvait son intelligence, il semblait faire attention au moindre détail ! Mais là, nous en sommes loin ! Tout est laissé en l'état... À moins que ce ne soit qu'une mise en scène ?!...

L'inspectrice fait signe à un de ses collaborateurs. Elle souhaite que tout soit prélevé, analysé. Le moindre indice, la moindre information doit être recueilli ! Après réflexion, Caroline est persuadée d'être manipulée par l'assassin. On leur offre une scène de crimes parfaite, trop parfaite !

Elle le sait, le sent, tout cloche ici… Et, en professionnelle, elle ne se laissera pas duper ! Mais ses doutes, ses convictions ne peuvent être pris pour argent comptant et ce lieu devra tout de même être inspecté de fond en comble !

Soudain, elle entend de l'agitation provenant de dehors… Elle fait signe à ses collègues de continuer et sort de la vieille bâtisse.

À peine à l'extérieur, elle repère une boule de poils lui foncer dessus, prendre son envol et se retrouver dans ses bras. Elle a un léger mouvement de recul à la réception de l'animal. Samuel la rejoint, tout essoufflé. Elle le regarde puis donne un coup d'œil aux autres agents, tous prennent le temps de reprendre leur souffle.

— Quelqu'un m'explique… Pourquoi j'ai ce chat dans les bras ?

Son équipier, plié en deux, tend une main fermée, index tendu vers elle, inspire puis expire bruyamment plusieurs fois de suite avant de se redresser et lui adresser la parole.

— On l'a repéré dans les fourrés, juste à côté de la scierie ! C'est un Main coon !

La jeune femme caresse le matou, le regarde fixement et remarque une médaille accrochée à son collier. Sam veut l'aider à la tourner, mais l'animal le piffe à chaque fois qu'il approche la main. Son équipière en rit.

— Samy, le grand ami des chats… C'est bon, je vais gérer…

Elle installe le chat comme un bébé, le caresse sous le menton et atteint l'objet tant convoité. La médaille est gravée :

Je m'appelle Fullibert et j'habite
15 Rue des Roseaux
68320 Jebsheim

Elle recule le ronronneur de sa poitrine, le soulève, à deux mains, à niveau d'yeux.

— Et bien mon cher Fullibert, si nous rendions visite à votre famille ?

Caroline fait signe à son équipier de prendre le chat en photo. Elle le garde sur ses bras jusqu'à l'arrivée d'une caisse de transport, généreusement prêtée par la SPA du coin.

Une fois le Maine coon en sécurité, les deux agents le reconduisent chez lui en voiture. Le chat est attentif à tout et, à l'approche de son quartier, de sa maison, il commence à miauler. La policière le réconforte le reste du trajet, lui parlant calmement. Ils se garent, atteignent la porte et sonnent. L'attente est de courte durée, une femme, la quarantaine, cheveux longs châtains, yeux noisettes, leur ouvre la porte. Elle est surprise en les voyant. L'inspectrice lui montre son insigne ainsi que la caisse avec son chat qui se met à ronronner dès qu'il la voit.

— On vous ramène votre compagnon !... Nous pouvons entrer un instant ?

Malgré l'incompréhension, son questionnement, la femme accepte et les laisse entrer. Une fois à l'intérieur, Samuel lui explique, dans les grandes lignes, les faits. Elle s'assoit, choquée. Un mélange d'incompréhension, d'effroi et d'inquiétude. Elle se tourne vers son chat qui lui fait, directement, les yeux de l'amour.

Caroline comprend en une fraction de seconde et la rassure. Ils n'ont trouvé aucune trace de morsure sur les victimes, juste un poil. Mais, par sécurité, ils devront faire appel à un vétérinaire ; ils doivent s'assurer que l'animal n'a pas ingurgité de sang, qu'il n'a pas pris goût à l'être humain. Elle pose quelques questions à la quarantenaire à propos du comportement de son chat. Cette dernière répond à la négative : Non son chat adoré n'a pas changé, son comportement est resté le même ! Elle décide, elle-même, de gérer son compagnon à quatre pattes. Elle appelle son vétérinaire, un rendez-vous en urgence est pris.

Les deux policiers la laissent faire, ils lui demandent juste de leur faire parvenir les conclusions du véto. Ils lui laissent une carte de visite avant de se recentrer sur l'enquête. La femme les invite à s'asseoir, elle leur prépare du café et les écoute attentivement.

Samuel commence, il lui parle du lieu où ils ont retrouvé son chat, la scierie abandonnée. La propriétaire de Fullibert a du mal à se repérer. Il lui montre sur Google maps avec son téléphone, elle regarde attentivement et, soudain, une lueur apparaît dans ses yeux.

— Mais c'est la vieille scierie des Frantz !

Les inspecteurs se regardent mutuellement, pleins de questions et d'espoirs. Ils lui font signe de continuer, ils souhaitent plus d'informations.

— Les Frantz étaient une riche famille du secteur de Colmar. Très vieux jeux, hautains, seuls les gens comme eux pouvaient les apprécier ! Mes parents ont très bien connu le fils, Karl. Il était différent… Il aimait traîner avec les jeunes de son âge. Et, puis, du jour au lendemain, il a changé !

Elle marque une pause, boit une gorgée de café. Elle semble de plus en plus à l'aise. Caroline le remarque tout de suite.

Il faut croire que jouer la commère, ça détend !

Elle pose sa tasse et reprend. Elle explique que le jeune Karl, alors âgé de dix-neuf ans, est parti. Il a quitté la région laissant derrière lui, tout. Sa famille, ses amis et surtout une petite amie, Marie-Hélène, enceinte. Les rumeurs, à l'époque, ont enflé : il aurait engrossé sa petite amie de dix-huit ans, de famille aisée, et sa famille se serait opposée à leur idylle, le forçant à la quitter. Il serait parti, en abandonnant tout, suite à cela… Mais, personne n'a jamais pu vérifier ces dires !

Les deux agents découvrent que cet homme n'est autre que le nouvel évêque de Strasbourg qui serait revenu sur Colmar, vingt-trois ans plus tard.

Forts de cette nouvelle piste, et se rappelant que le nom de Karl Frantz avait déjà été énoncé plus tôt dans l'enquête, ils se hâtent de quitter leur hôtesse et repartir pour Strasbourg. Une entrevue avec l'évêque est de mise !

Il n'entre pas dans les critères, il ne peut pas être le tueur, mais se pourrait-il qu'il soit lié aux meurtres ? Que l'assassin soit un de ses proches ? Un membre de sa famille ?...

****

Ils retrouvent l'homme d'Église à la cathédrale, toujours aussi serein. Rien ne semble le toucher…

Caroline entre dans le vif du sujet sans prémices. Elle veut apprendre le maximum de choses pour faire avancer cette enquête qui piétine !

Elle lui parle de leurs dernières découvertes, de la scierie, de son départ précipité de Colmar et enfin de son retour. Karl l'écoute attentivement, semble chercher dans sa mémoire avant, enfin, de prendre la parole.

— Incroyable… Je ne… Je ne comprends pas ! Quel est

le rapport entre cette histoire et les meurtres d'aujourd'hui ?

— C'est à vous de nous le dire ! Les corps sont retrouvés autour de la cathédrale, les meurtres ont eu lieu dans la scierie de votre famille… Nous savons que vous avez abandonné votre petite amie alors qu'elle était enceinte, que vous avez fui votre famille, pourrait-il y avoir un lien ?

— Non, impossible ! Je suis resté en bons termes avec ma famille, malgré toute cette histoire, et, quelques années après mon départ, j'ai envoyé une lettre d'excuse, de repentir à la famille de mon ex-petite amie. Tout était réglé, je n'avais plus aucun remords envers quiconque lorsque je suis entré dans les ordres.

— Vous souvenez-vous du nom de cette « ex » ?

Il marque un temps, réfléchit, cherche dans sa mémoire, mais cette dernière lui fait défaut. Il ne souvient que de son prénom, il faut dire que cette sombre histoire date de plus de trente ans. Il s'excuse plusieurs fois, il veut réellement les aider, mais ses souvenirs sont confus, flous. Il leur fait la promesse de continuer à fouiller sa mémoire et de les contacter si jamais quelque chose lui revient.

Caroline et Samuel le laissent à ses pensées et quittent la cathédrale. À peine sortie, la trentenaire donne un coup d'œil à son téléphone, mis en silencieux le temps de l'interrogatoire. Un appel manqué, un numéro inconnu. Elle rappelle direct, une voix de femme. Caroline se présente, demande l'identité de son interlocutrice : Marika. La jeune femme a récupéré le numéro sur une carte laissée dans la boîte aux lettres de son ancien colocataire. La policière lui propose de passer au commissariat, chose qu'elle accepte, mais, son emploi du temps étant chargé, elle ne pourra passer qu'en fin d'après-midi.

Les deux femmes concluent à un rendez-vous à l'hôtel de police à dix-huit heures trente. Caroline raccroche et en informe son collègue.

De retour au commissariat, les deux acolytes redescendent une nouvelle fois. Après avoir fait chou blanc avec l'évêque, ils apprennent que la perquisition de la scierie n'a rien apporté. On y a juste retrouvé le sang, l'ADN de chaque victime. Rien de plus, pas un seul élément pouvant faire avancer l'enquête !

Le seul point positif : les analyses confirment qu'il s'agit du vrai lieu des crimes. Mais cette information soulève une nouvelle question : pourquoi le tueur les a laissées découvrir cet endroit ? Parce que, oui, pour Caroline, cette découverte est volontaire !

Que cherche-t-il en faisant cela ? Pourquoi nous offrir son lieu de boucherie ? Ça n'a aucun sens... À moins que... Qu'il n'en ait plus besoin ? Qu'il évolue ? Que sa série de meurtres touche à sa fin ?

Le stress la gagne, arriveront-ils à l'arrêter avant qu'il ne disparaisse dans la nature ? Qu'il ne redevienne qu'un simple passant, un simple inconnu au milieu de la foule ? Le temps leur est réellement compté avec cet élément crucial dans l'affaire.

L'inspectrice fait part de ses doutes et de ses craintes à Samuel. En un regard, elle comprend qu'il ressent la même chose. Le jeune homme retire ses lunettes, sort un chiffon et les essuie machinalement. Une fois propres, il les remet sur son nez, se tourne vers sa collègue, un large sourire et une certaine assurance.

— À nous de prendre les devants et d'empêcher cela, chef !

Il lui tend le feutre et lui indique le tableau à mettre à jour avant de s'installer devant son ordinateur. Caroline s'exécute, rester active l'empêche toujours de penser au pire. Samuel le sait et ce simple geste, cette simple phrase redonne force et courage à sa supérieure.

L'heure n'est plus au doute, mais à l'action, à la réflexion. La piste de l'évêque est toujours d'actualité, la jeune femme le sait, son intuition est trop forte pour ne pas l'écouter : le tueur est lié à Karl Frantz. Ils doivent trouver comment et pourquoi, et découvrir qui est Marie-Hélène !

Et puis, dans quelques heures, ils auront peut-être de nouvelles informations, de nouveaux indices, de nouvelles pistes avec la venue de cette Marika. Tout espoir n'est pas perdu, bien au contraire.

****

Très vite dix-huit heures arrivent et, alors qu'ils fouillent dans le passé de l'évêque, ils sont coupés par l'arrivée de Marika. Le duo d'enquêteurs lui propose un café et le trio se retrouve très vite devant une machine à café essoufflée par sa journée.

La discussion est simple, rapide. Les policiers souhaitent connaître son emploi du temps, la raison de la présence de ses affaires chez la victime, Polo. Marika parle sans aucune hésitation et en détail de son rendez-vous professionnel chez un de ses habitués à l'heure du meurtre. Elle gêne les enquêteurs par son phraser cru, ils n'espéraient pas en savoir autant sur son habilité et son doigté. La prostituée est très, trop éloquente sur sa profession, son activité.

On dirait un marchand de tapis en train de vendre sa marchandise !... On lui a pas demandé de nous raconter un film porno, mais juste de nous donner un alibi !

Caroline exaspérée, donne un coup d'œil à son équipier. Les yeux écarquillés, presque exorbités, il fixe la demoiselle, les joues rouges comme une pivoine. La jeune policière, voyant cela, se demande s'il n'est pas un peu trop prude.

À croire qu'il n'a jamais vu le loup, celui-là !

Elle se reconcentre lorsque Marika répond à leur seconde interrogation.

— Ben, le Polo, y m'a hébergé ! J'étais en galère, à la rue ! Mon ancien proprio, y m'a j'té dehors quand il a su mon métier ! Polo m'a gentiment proposé d'dormir chez lui le temps que j'trouve un nouvel appart' ! Les affaires chez lui, c'est du provisoire, le temps que j'm'installe dans mon nouveau chez-moi !

Samuel qui a retrouvé des couleurs classiques note ces nouvelles informations. Et, alors qu'ils la remercient, ils ont suffisamment perdu de temps, la jeune femme leur demande une dernière chose :

— Et vous savez quand j'pourrai récupérer mes dernières affaires ?

— Quand l'affaire sera conclue. Nous avons encore des fouilles à faire dans l'appartement et rien ne doit en sortir, tout y est considéré comme pièces à conviction !

La péripatéticienne secoue la tête, un léger mécontentement se fait ressentir puis elle salue les policiers et quitte l'hôtel de police.

Caroline vérifie l'heure, il est encore tôt. Ils vont pouvoir se remettre à travailler avant de commander le repas. La nuit va encore être longue…

Même si l'enquête n'a pas avancé, la journée fut bien chargée et constructive... Nous avons reçu des réponses à certaines de nos interrogations ! Nous devons continuer sur ce chemin et boucher tous les trous... Le tueur n'est pas loin, je le sens !

10

En revenant à l'hôtel de police, après un rapide aller-retour jusqu'à l'hôtel pour se changer, Caroline ne pensait pas croiser Friedrich. Elle espérait ne plus le voir jusqu'à la fin de l'enquête, cela faisait un long moment qu'il n'était pas venu aux nouvelles.

Mais, en s'approchant de l'homme, son agacement se change en questionnement. Il est pâle, presque livide. Il a l'air d'être malade. Quel changement entre la première fois où elle l'avait vu et aujourd'hui ! Et, pourtant, leur première rencontre ne date que de quelques semaines !

Que lui est-il arrivé ?... Il y a quelques jours, encore, il semblait être en forme et, aujourd'hui, il est au bord du malaise... On dirait un fantôme !

Et, avant même de parler de l'enquête, elle prend de ses nouvelles, elle souhaite connaître son état de santé. Le journaliste est surpris par tant de compassion de sa part, il faut croire qu'il s'était trompé sur elle. Il la rassure.

— Ne vous inquiétez pas ! J'ai juste une migraine… Certainement, un manque de sommeil…

La jeune femme l'écoute attentivement et semble soulagée. Elle l'invite à entrer dans le bâtiment et lui propose un café à l'intérieur. Friedrich en est gêné, il n'est pas habitué à tant de gentillesse ni d'égard. Ils sont rejoints par Samuel qui, comme sa collègue, est surpris par l'état physique du journaliste. Il bloque quelques secondes, fixe l'homme sans dire un mot avant de lui parler de sa santé.

Après quelques échanges cordiaux, ils reviennent sur l'affaire. Le trentenaire se rend compte qu'à force de se couper du monde, il ne sait plus grand-chose de l'avancée de l'enquête. Il n'est même pas au courant que la police a trouvé un nouveau corps. Il écoute les deux inspecteurs parler du nouveau mort, de leurs recherches de lien entre les deux dernières victimes. Le fait qu'ils aient des ennemis pourrait amener à un suspect, peut-être même au tueur. Ils parlent aussi de la découverte du lieu des crimes, du lieu des mises à mort, mais n'entrent pas dans les détails. Ils lui expliquent juste que cela n'a rien apporté à l'enquête.

Friedrich est impressionné, ils ont avancé, ils ont de nombreuses idées de piste qui n'attendent que d'être concrétisées. Et lui, à côté, ne sait quoi en dire. Il est loin d'en être là ! Puis, lorsqu'ils lui parlent du profil qui se dessine, il ne comprend plus rien. On lui parle d'un assassin de moins de quarante ans, impossible pour lui. Cela ne correspond plus à son tueur, à celui à cause duquel sa mère est morte. Si le coupable est si jeune, alors pourquoi les meurtres ont débuté avec l'arrivée du nouvel évêque ? Ce n'est pas possible qu'il se soit trompé !

— Mais ?... Et l'évêque dans tout ça ?!

— L'évêque ?... Karl Frantz ?

— Oui, oui… Les crimes… Les morts, c'est depuis qu'il est là !

— Une coïncidence… Au pire, il est l'élément déclencheur. Mais alors, là, pour le prouver, il nous faut parler au tueur !

Le reporter se ferme comme une huître, il ferme les yeux. Samuel lui demande si ça va, les enquêteurs ont bien compris que sa migraine est encore présente et se rappelle à lui. Par contre, Caroline tique, elle ne comprend pas pourquoi cet homme est obsédé par l'homme d'Église. Il veut vraiment qu'il soit lié aux meurtres, seulement, rien ne permet de le dire. À moins qu'il connaisse un détail, qu'il ait une information qui puisse le prouver. Mais, dans ce cas, pourquoi ne pas le leur dire ? Pourquoi se taire ?

Elle aimerait lui en demander davantage, mais, vu l'état dans lequel il est, elle n'est pas sûre qu'il soit en état de répondre, que ses réponses soient justes. Elle a même peur qu'il s'effondre avant de donner la moindre réponse… Caroline prend la décision de ne pas lui poser la moindre question pour l'instant, elle attendra que sa santé s'améliore.

Elle fait discrètement signe à son collègue, il serait préférable que le journaliste rentre chez lui pour se reposer. Samuel, très naturellement, propose à Friedrich de le raccompagner jusque son appartement. Le trentenaire accepte sans hésiter, sans broncher. La jeune femme les regarde quitter le commissariat, soulagée. Elle ne sait pas pourquoi, mais la présence de cet homme l'a mise mal à l'aise. Peut-être est-ce parce qu'elle n'est pas habituée à gérer les personnes malades, ou alors est-ce le mystère qui entoure cet individu ?

****

Samuel ne pipe mot durant le trajet. Son passager a la tête bloquée entre le siège et la portière, les yeux fermés. Il donne l'impression de dormir. En entrant dans la voiture, il a donné son adresse au jeune policier et depuis, il n'a pas quitté cette position, il est resté silencieux.

Ce n'est pas que ça gêne Samuel, mais le jeune homme n'est pas habitué à ce silence. En général, il fait ses trajets avec sa collègue. Et, dans ces moments-là, il n'a pas le droit de conduire, Caroline a une tendance machiste quand il s'agit de voiture. Elle conduit et elle jure comme un charretier à chaque fois qu'un autre conducteur fait une erreur, oublie son clignotant, change de file, passe à l'orange bien sanguine. Il faut avouer qu'elle n'a pas toujours un caractère facile et la conduite développe son pire côté. Le côté sombre, celui dont on ne souhaite pas faire face, qu'on voudrait éviter de croiser.

Samuel espère toujours ne pas voir cette facette ressortir, mais c'est peine perdue. Et, la plupart du temps, il se tait, fait silence en attendant qu'elle se calme. Mais, actuellement, il est mal à l'aise, le silence lui pèse. Et quand il stresse, il a tendance à faire des erreurs, à dire n'importe quoi. Et l'erreur arrive ; n'ayant pas pu se servir du GPS, il s'est senti assez fort pour y aller juste avec l'adresse. Mais, il a omis qu'il ne connaissait pas très bien Strasbourg et les voilà perdus.

Il tourne en rond, hésitant à demander de l'aide à Friedrich. Il décide de s'arrêter, il se gare sur une place libre, attend quelques secondes puis interpelle enfin son passager.

Le journaliste s'éveille difficilement, il entrouvre les yeux et regarde autour de lui. Il se rend vite compte qu'il n'est pas chez lui.

— Qu'est-ce… ? On est où là ?...

Samuel lui répond qu'il ne sait pas exactement. Il n'arrive pas à retrouver son chemin, même retourner à l'hôtel de police lui est impossible. Friedrich, effaré, lui demande de sortir du véhicule et de chercher le nom de la rue. Il s'exécute puis revient plusieurs minutes plus tard.

Fier comme un coq, l'enquêteur ouvre la portière, entre dans la voiture et énonce le nom. Le journaliste se décompose : ils sont à l'opposé de sa rue. Il fait signe au conducteur d'y aller et lui indique petit à petit le chemin du retour. Malgré sa tête qui le fait souffrir, il le guide parfaitement et le duo arrive à bon port.

Samuel le dépose juste devant l'immeuble. Friedrich le salue et le remercie avant de quitter l'automobile. Le policier le regarde entrer dans le bâtiment, il semble réfléchir. Quelque chose le chiffonne. N'arrivant pas à se souvenir, il redémarre et repart pour le commissariat.

Peut-être aura-t-il la réponse de son interrogation pendant le trajet…

****

Malgré un début de journée étrange, Caroline a réussi à se remettre au travail. Elle a découvert qu'un des clients de Polo était une des victimes de Micheline Sapin. Un début de piste se forme, enfin. Cela la réjouit, ils vont peut-être empêcher un nouveau meurtre.

Alors qu'elle est concentrée sur son boulot, Samuel est de retour. Toujours en plein questionnement, il lui en fait part. Lorsqu'il a déposé le journaliste, la rue, l'immeuble lui ont posé problème. Comme une impression de déjà-vu, mais il n'arrive pas à savoir pourquoi. La jeune femme l'écoute attentivement et lui demande l'adresse. Elle la note, ils verront ça plus tard. Pour l'instant, il faut se concentrer sur le lien entre les deux dernières victimes.

Ce lien tangible est peut-être la clef de l'affaire et il ne faut pas perdre de temps. Samuel acquiesce et s'installe devant l'ordinateur, il fouille sur le passé du client. Un homme célibataire, jamais marié avec des tendances sexuelles peu communes. Il aime les femmes avec des rondeurs déguisées en félin et portant un fouet. C'est à cause de cela qu'il a eu des soucis avec madame Sapin, elle lui a fait un procès pour perversion et agression sexuelle en pleine rue. Les faits se seraient déroulés à Mulhouse, en pleine journée. Des témoins ont expliqué qu'ils avaient vu l'homme suivre la femme, il se serait approché d'elle à un feu et la femme se serait mise à hurler.

Aucun témoin n'a vu réellement ce qui s'était passé, mais, au vu du passif de l'homme, et des différents témoignages, il a été condamné à payer des dommages et intérêts pour l'agression et le traumatisme occasionné. Suite à tout cela, et pour son image, Polo l'aurait mis sur liste noire.

En reprenant l'intégralité du dossier, les policiers en concluent qu'il avait un mobile pour les tuer tous les deux. Ils décident de chercher davantage pour tenter de le lier aux autres victimes. Ils continuent de fouiller son passé tout en le recherchant. Mais, leurs investigations sont écourtées : le suspect est actuellement incarcéré en Russie, et ce, depuis six mois.

Il lui était impossible de s'attaquer aux victimes !

L'entrain et la joie retombent comme un soufflé… Samuel dépose sa tête entre ses mains, dépité tandis que Caroline, mâchonnant le capuchon de son stylo, debout, se concentre sur le tableau. Elle semble chercher une nouvelle piste, un nouvel indice.

Perdus dans leurs pensées, ils ne remarquent même pas la venue d'une jeune policière. Elle dépose un dossier sur la table puis, soudain, en regardant le tableau, elle remarque un détail.

— Comme c'est amusant ! Un proxénète Scorpion !

Les deux enquêteurs se tournent vers elle, dans l'incompréhension. Caroline souhaite en savoir plus.

— De quoi parlez-vous ?!

— Votre victime là ! Il était dans le commerce du sexe alors qu'il était Scorpion !

— Mais en quoi est-ce amusant ?!

— Scorpion, le signe de la perversion ! Un des signes du zodiaque lié à la luxure ! C'est une incroyable coïncidence, non ?

Caroline et Samuel marquent un temps, ils se regardent mutuellement, puis le tableau et enfin leur collègue. Une nouvelle lueur d'espoir dans le regard…

11

Friedrich se réveille, sa tête le fait toujours souffrir. Les médicaments ne font plus effet, et le sommeil ne le repose même plus !

Il donne un coup d'œil, le soir est en train de tomber. Il quitte son lit difficilement et rejoint la salle de bain pour se passer de l'eau fraîche sur le visage. Il reste un moment appuyé au lavabo, fixant son reflet dans la glace. Il fait vraiment peur, cela le fait sourire lui donnant davantage un air de psychopathe.

Il quitte la salle de bain, se prépare un café, le boit puis prend sa veste et son sac à dos. Même si les beaux jours sont là, il fait frais le soir dès lors que le soleil se couche…

Comme tous les soirs, il sort prendre l'air. La fraîcheur le soulage un peu et, en soirée, les rues se vident suffisamment pour lui assurer tranquillité et calme. Il erre dans les rues, arrive Place du Château, avance jusqu'à l'entrée de la cathédrale. Il s'arrête, fixe un moment la porte avant de reprendre sa marche.

Après avoir fait les cent pas sur la place, il s'arrête à nouveau devant la porte. Le journaliste prend une grande inspiration et entre.

Il marque à nouveau une pause, une fois à l'intérieur. Il regarde tout autour de lui, l'immensité du lieu, la fraîcheur et ce silence… Il ferme les yeux et inspire profondément avant de les rouvrir en expirant. Ce lieu est si paisible et réconfortant ! C'est comme une illumination pour lui : pourquoi n'est-il pas venu plus tôt ?

Il avance dans le lieu saint, croise les derniers visiteurs en train de quitter la cathédrale. Il s'assoit sur le banc le plus proche de l'autel, pose ses bras sur ses cuisses et baisse la tête, pensif. Il semble attendre sereinement, vouloir trouver enfin le repos tant recherché. Il reste ainsi pendant un long moment…

Puis, soudain, une voix l'interpelle. Friedrich se redresse et remarque un homme en soutane juste en face de lui. L'homme semble s'inquiéter, son regard est empli de compassion. Le journaliste le reconnaît, il s'agit de l'évêque Frantz. Les deux hommes se regardent, silencieux puis l'homme d'Église reprend la parole.

— Vous avez besoin d'aide, jeune homme ?

Friedrich continue de le fixer sans dire un mot, il semble bloquer, incapable de s'exprimer. La bouche légèrement entrouverte, les mots ne sortent pas. Il reste muet. L'évêque, de plus en plus inquiet, voire intrigué, s'approche davantage et pose sa main sur l'épaule du trentenaire.

— Souhaitez-vous me parler du souci qui semble vous peser tellement ?

À ces mots, le journaliste a un léger sursaut. Il baisse à nouveau la tête, ferme les yeux avant de redresser la tête vers le quinquagénaire. Son visage, son regard ont changé, il paraît plus sûr de lui, plein d'aplomb. Ce changement d'attitude surprend l'homme d'Église qui a un léger mouvement de recul. Friedrich retrouve enfin la parole !

— Vous souvenez-vous d'une femme du nom d'Hélène ? Hélène Schneider ?

Karl le fixe, son regard empli de doute. Il reste coi face à ce jeune homme, mais, surtout, le nom de cette femme le renvoie plus de trente ans en arrière. Ses bras tombent le long de son corps comme s'ils avaient perdu toute énergie, et, tout naturellement, il s'assoit aux côtés du jeune homme avant de reprendre enfin la parole.

— Hélène... Je n'ai plus entendu ce prénom depuis très longtemps…

Il se tourne, soudain, en direction de Friedrich. Un mélange de doute et de joie se lit sur son visage, dans son regard.

— Comment ?... Vous…

Il balbutie, les questions affluent dans sa tête et l'empêchent de mettre de l'ordre dans ses idées, de s'exprimer correctement. Le jeune journaliste semble surpris par ses réactions.

— Ma mère… Elle était ma mère…

— Était ?!...

— Elle est morte… Il y a peu… En février…

— Mon Dieu ! Je suis désolé... C'était une femme extraordinaire !... Toutes mes condoléances.

Friedrich baisse à nouveau la tête, ce souvenir récent le fait toujours autant souffrir. Sans compter les douleurs, sa tête le lance toujours. Il doit se dépêcher, il ne tiendra pas longtemps. Il reprend une grande inspiration, il veut continuer le dialogue, tout lui expliquer, lui avouer, lui faire savoir qu'il connaît la vérité.

— Elle… Elle vous a aimé…

— Je sais… Mais nous étions jeunes… Trop jeunes… Et nos familles…

— Vous l'avez abandonné ! Vous nous avez abandonnés !

L'homme d'Église ne pipe mot, mais son manque de réaction est surprenant. Il donne l'impression de savoir, de connaître toute l'histoire. Friedrich s'en rend compte rapidement et comprend très vite qu'il n'y a aucun secret entre eux. Le moment de vérité approche et le jeune homme trouve cela presque jouissif. Ce petit jeu va bientôt se conclure et la parole se délie.

— Elle ne vous a jamais oublié, bien au contraire, toute notre vie n'a tourné qu'autour de vous et son besoin de ne plus se rappeler votre visage, votre voix, vos actes ! Elle s'est tournée vers Dieu et, avec vous, m'a oublié… Et puis, vous voilà ! Vous êtes revenu dans sa vie sans crier gare ! Vous l'avez tué !

Il marque une légère pause, déglutit avant de reprendre son flot de paroles.

— Tout cela est votre faute ! Vous êtes un meurtrier, un assassin ! Vous l'avez détruite durant toutes ces années et, aujourd'hui, elle n'est plus ! Tout ça est de votre faute ! Je vous hais !

L'homme face à lui ne réagit pas. Il le laisse déverser sa fureur sans mot dire. Friedrich en est agacé, mais ce n'est pas tant son comportement passif que son regard empli de compassion qui l'agace, l'énerve. La colère monte encore plus en lui, des larmes apparaissent au coin de ses yeux.

Puis, soudain, Karl s'approche de lui et le prend dans ses bras. Le trentenaire, surpris, les bras ballants, le laisse faire.

— Pardon… Pardonne-moi d'avoir été si faible ! D'avoir préféré la fuite aux responsabilités…

Le journaliste reste silencieux quelques secondes avant de poser sa main droite sur le dos de son père. Il ferme les yeux, laissant couler ses larmes.

Soudain, le quinquagénaire semble pris de soubresauts, il s'agite, tousse. Friedrich ouvre à nouveau les yeux, son regard est sombre, noir. Sa colère ne s'est pas apaisée, bien au contraire. Un sourire s'esquisse sur son visage.

— Tu es l'origine de tout !

Au loin, des sirènes se font entendre…

12

L'Opel Corsa de Caroline se gare comme elle arrive. Il y a plus urgent, Samuel et sa supérieure doivent arrêter le tueur avant qu'une nouvelle victime en fasse les frais.

Lorsque leur collègue leur avait donné cette nouvelle piste, ils n'imaginaient pas avoir les clefs pour résoudre l'enquête depuis le début. Il leur avait fallu peu de temps pour comprendre la situation, découvrir l'identité du criminel et, grâce à Samuel, ils avaient obtenu la dernière information, la dernière pièce du puzzle.

L'adresse notée par Caroline était en fait celle de la première victime. Le numéro d'appartement était différent, mais cette piste était devenue la plus valable. Le duo s'était alors empressé d'y aller.

Une fois, sur place, ils prennent des précautions pour ne pas alerter le voisinage, le coupable. Ils doivent être le plus discrets possible afin de l'arrêter sans encombre, sans problèmes.

Ils montent à l'étage indiqué, s'arrêtent à la porte et tendent l'oreille.

Rien, pas un bruit... Peut-être dort-il ? Ils l'espèrent. Cela leur simplifiera la tâche !

Caroline crochète, silencieusement, la serrure avant de, délicatement et doucement, appuyer sur la clanche. Elle pousse la porte lentement, entre, suivi de son fidèle équipier. Rien, pas un bruit, pas un mouvement. Malgré la pénombre, ils comprennent très vite qu'ils sont seuls, le tueur n'est pas là.

Samuel appuie sur l'interrupteur et la pièce s'éclaire. Ils ne trouvent qu'un foutoir incroyable.

Impressionnant la différence entre ici et son paraître...

L'inspectrice continue sa fouille en direction de la chambre tandis que Samuel part en direction de la cuisine. Cette dernière n'est guère mieux, la vaisselle de plusieurs jours traîne dans l'évier, des mouches se régalent de restes dont l'origine est impossible à définir. Le policier a un haut-le-cœur à cause de l'odeur pestilentielle.

Son acolyte a plus de chance, la chambre étant parfaitement rangée... Elle y découvre une reconstitution de l'enquête au mur et sur le bureau. Chaque lieu du crime, chaque mort est présent. Elle remarque une victime supplémentaire : une femme, sa mère peut-être, et le lieu de son obsession : la cathédrale est entourée au feutre rouge.

Caroline est rejointe par son collègue, elle lui fait remarquer ces deux nouveautés.

— On le trouvera là-bas ! Appelle des renforts ! Personne n'intervient sans mon accord, okay ?

Samuel s'exécute, le duo quitte l'appartement. Direction la cathédrale.

****

Ils arrivent rapidement sur place, les renforts sont déjà là et attendent les ordres. Caroline prend les commandes, elle décide d'entrer seule. Malgré les réticences de Samuel, elle demande aux troupes de rester à distance du lieu sacré et s'approche de la porte. Même si elle n'est pas croyante, elle respecte ce lieu de culte et ne souhaite pas un carnage à l'intérieur.

Elle souhaite capturer le tueur, l'arrêter et éviter qu'il tente un coup de folie et se fasse tuer. Habituée à ce genre de situation, elle sait que le dialogue est la meilleure arme face à ce genre d'individu mû par la vengeance. Elle prend tout de même ses précautions et conserve son arme à portée de main. Si cela est nécessaire, elle en fera usage et blessera le criminel.

La porte est lourde, elle force pour l'entrouvrir suffisamment pour passer. Il fait froid et sombre, on pourrait penser qu'il n'y a pas âmes qui vivent…

Caroline écoute puis allume sa lampe torche et prend la parole.

— Friedrich Schneider ?

Rien, pas un bruit. Elle retente plus fort, tout en continuant d'avancer. La policière a un sursaut lorsqu'elle remarque un homme à terre. Elle s'en approche et reconnaît l'évêque Karl Frantz. Elle se baisse et pose sa main au niveau de son cou, pas de pouls. Il est mort, plusieurs coups de couteau dans la poitrine et le ventre lui ont été fatals.

Elle reprend sa recherche et appelle à nouveau le journaliste. La voix emplie d'assurance, elle l'appelle de plus en plus fort. Mais seul le silence subsiste…

Est-il encore ici ?

Son interrogation est de courte de durée lorsqu'elle entend enfin la voix du jeune homme. Cette dernière résonne tellement qu'il est impossible pour Caroline de savoir où il se trouve exactement. Elle scrute les lieux, à la recherche du moindre mouvement, du moindre bruit, geste… Elle ne remarque rien d'anormal, où peut-il bien se cacher ?

****

Malgré sa vengeance accomplie, Friedrich n'a pas retrouvé sa joie de vivre. Il est toujours aussi morne, sa migraine n'aidant pas… Sa tête est prête à exploser, il est difficile pour lui de rester éveillé, aux à-guets. Sa vue est trouble et le moindre bruit l'indispose, lui donne la nausée.

Mais, il le sait, il a une dernière tâche à accomplir, un ultime acte avant de pouvoir se relâcher, se reposer enfin ! Il doit continuer d'avancer sans s'arrêter, sans se retourner malgré les appels de cette policière.

Quelle enquiquineuse ! Quelle emmerdeuse ! Qu'elle me laisse achever ma mission en paix ! Que quelqu'un la fasse taire !

Il continue sa route, la laisse s'égosiller et puis, finalement, n'en pouvant plus d'entendre la voix de cette femme, il décide de lui répondre. Peut-être, cela la fera taire ? Peut-être, le silence reviendra ? Il espère, le silence est la seule chose qui le soulage…

— Vous avez votre meurtrier ! Je vous l'offre, à vous ! Bande d'incapables !

Il s'arrête un instant, reprend son souffle. Il prend le temps de fermer les yeux, il a besoin de soulager sa vue, sa tête. La douleur se fait plus fort, son corps lui réclame du repos. Un repos impossible pour le moment ! Il devra encore attendre un peu, un tout petit peu… Bientôt, tout sera fini ! Il ouvre les yeux et sourit à cette pensée.

Il atteint son premier objectif, les escaliers. Il monte les vieilles marches, les unes après les autres, se tenant à la rampe en ferraille. À chaque palier, il marque une pause, regardant droit devant lui, jamais en arrière. Sa détermination est lisible dans ses yeux, son objectif est devenu obsessionnel.

Il ne remarque même plus les appels de Caroline ni sa présence se rapprochant frénétiquement de lui. Il continue son ascension sans aucune hésitation jusqu'à atteindre le sommet de la cathédrale.

Il passe à côté des cloches, sans y prêter attention, les frôlant dangereusement. Puis, Friedrich s'arrête et contemple le gigantesque vitrail, l'imposante œuvre de verre. Il en sourit.

****

Caroline, tout en restant attentive aux moindres signes de mouvement, continue son investigation. Elle découvre une porte entrouverte, tend l'oreille et y décèle un léger bruit de pas. Le journaliste est là ! Elle s'engouffre dans le passage avec prudence. Il lui est impossible de discerner correctement les bruits.

À quelle distance se trouve-t-il ? Où veut-il aller ?

Elle avance en essayant de faire le moins de bruit possible, de suivre le tueur en ce lieu si oppressant. Elle ressent un frisson et se remémore l'histoire que l'évêque lui avait contée lors de leur première rencontre. Le stress monte, aujourd'hui le diable est là, mais pas sous la forme à laquelle on pense !

La policière se reprend et continue. Elle ne doit pas laisser la peur la submerger, elle doit garder son calme. L'homme qu'elle poursuit, lui, n'aura aucun doute, aucune hésitation. Le moindre millimètre de peau en alerte les sens à l'affût, elle tente de se rapprocher, le plus discrètement possible, de Friedrich.

Soudain, elle n'entend plus rien. Plus de pas frottant le sol, plus de bois craquant sous le poids du journaliste. Elle s'arrête, écoute, recherche le moindre son pendant plusieurs secondes puis les pas reprennent. Elle comprend qu'il a fait une pause. Caroline se demande pour quelle raison, elle hésite, a-t-il mis en place un piège ? Elle avance avec davantage de prudence, mais rien ne gêne sa progression…

S'est-il au moins rendu compte de ma présence ? A-t-il compris que j'étais sur ses traces ?

À cette pensée, elle en sourit avant de reprend son sérieux. Il ne faut pas être dupe, il sait très bien qu'elle est à ses trousses ! La seule question à se poser est la raison de ses actes actuels ! Ce n'est pas en montant qu'il pourra lui échapper, qu'il pourra échapper à la police, à la justice.

Toujours attentive, elle repère un nouvel arrêt chez l'assassin. Il s'arrête régulièrement, l'inspectrice change de tactique. S'il s'arrête si souvent, cela doit vouloir dire que cette montée lui est difficile. Elle décide de lui mettre la pression et commence à l'appeler régulièrement pour lui faire comprendre qu'elle se rapproche de plus en plus de lui.

Habituellement, dans ce genre de situation, le coupable stresse et fait l'erreur d'accélérer le mouvement. Vu le nombre d'arrêts depuis le début de son ascension, aller plus vite, s'arrêter moins le fatiguera. Il en sera plus facile de l'arrêter.

Elle met en place sa stratégie, mais celle-ci ne semble pas fonctionner… Les arrêts sont toujours aussi fréquents.

Ma parole, ce type est vraiment un sociopathe ! Être capable de garder un tel sang-froid, je n'ai encore jamais vu ça !

Caroline prend une grande inspiration, elle devra au final rester sur ses gardes jusqu'au bout. Arrêter cet homme sera plus compliqué qu'elle n'espérait. Il lui faudra conserver suffisamment de force et d'énergie pour parer à toutes les éventualités. Mais, en attendant, elle ne doit surtout pas laisser ses pensées diriger ses actes. Elle doit rester concentrée sur sa mission : arrêter un tueur en série.

Elle monte les marches et arrive enfin à leur fin. Elle regarde tout autour d'elle et surveille chaque recoin qui pourrait servir de cachette au journaliste. Elle avance prudemment, fait attention en passant près des cloches et se retrouve face au trentenaire. Le coupable est là, il lui tourne le dos. La policière le fixe : les lumières de la ville traversent le vitrail et l'homme semble entouré d'un halo lumineux.

Le temps semble ralentir, Friedrich remarque enfin sa présence. Il se retourne, la regarde puis sourit.

— Ma mission se termine… Les coupables ont été jugés et exécutés… Elle a, enfin, été vengée ! Ne reste plus qu'au dernier pêcheur de mourir !

Avant même que Caroline ne comprenne, n'ait le temps de bouger, Friedrich se tourne à nouveau vers le vitrail et s'élance. Il se jette au travers et se laisse tomber de toute la hauteur de la cathédrale. Son corps s'écrase, se disloque, se brise en touchant le sol de la place.

L'inspectrice, dans un geste désespéré et inutile, se lance en avant, bras tendu, mais trop tard. Il lui est impossible d'empêcher le drame et voit son coupable foncer, tel un poids mort, vers la terre. La gravité faisant, naturellement, son travail.

Elle ne peut que le regarder tomber, les éclats du vitrail entourant ce poids inerte tel des ailes…

Épilogue

Deux jours sont passés depuis la mort de Friedrich Schneider et l'enquête se clôture.

Les policiers ont réussi à lier tous les meurtres et le suicide entre eux. Le journaliste était le tueur et l'élément déclencheur n'était rien d'autres que la mort de sa mère, Marie-Hélène Schneider.

Cette dernière s'était suicidée peu de temps après que l'évêque Karl Frantz ait pris ses fonctions auprès de la cathédrale. Après enquête, il s'était révélé qu'il était le père biologique de Friedrich. Il aurait abandonné Marie-Hélène enceinte, ne voulant prendre ses responsabilités. Suite à cela, cette dernière, rejetée par sa famille, se serait retrouvée à la rue. Il semble que son suicide soit dû à une de ses voisines, la première victime, Lisbeth Haas qui apprit le lien entre elle et l'homme d'Église. En suivant les indications de leur collègue, il se révéla qu'elle représentait l'envie.

Durant les années qui suivirent, elle eut des contacts

avec toutes les victimes :

- Marcel Simon, l'avarice, responsable de la mort des parents de Marie-Hélène dont elle hérita. Il n'aurait pas fait réparer les freins de sa voiture causant un accident mortel alors qu'il en avait les moyens,

- Martine Schmidt, la paresse, qui vécut plusieurs années avec Marie-Hélène et Friedrich, profitant de l'héritage,

- Micheline Sapin, la gourmandise, qui fera virer Marie-Hélène du restaurant où elle était serveuse,

- Paul Zimmermann, la luxure, qui entraînera la mère de Friedrich dans le monde de la prostitution.

Et, enfin, Karl Frantz représentant l'orgueil et Friedrich, lui-même, qui représentait la colère. Ce dernier avait décidé de tuer tous ceux qui avaient, un jour, fait souffrir sa mère. Il fut révélé lors de son autopsie qu'il souffrait d'une tumeur au cerveau qui aurait pu être à l'origine de ses actes, de sa folie meurtrière. Mais, lui mort, il était impossible de vérifier ces hypothèses, ces suppositions.

La seule chose sûre dans cette affaire était Caroline et ses remords. La policière s'en voulait de ne pas l'avoir arrêté, de ne pas avoir pu empêcher tout cela, empêcher la mort du journaliste. Malgré que, pour la justice et le commissariat de Strasbourg, l'enquête était une réussite, elle ne pouvait s'empêcher de penser le contraire.

Le chemin de retour fut silencieux, Samuel ayant pris le volant pour la laisser tranquille. Il savait que dans ces moments-là, il valait mieux se taire.

****

Arrivés à Saint-Dié en fin de journée, Samuel donne un coup d'œil à sa partenaire. Il continue le chemin jusqu'Anould, se gare en bord de route devant une petite maison et arrête le moteur. Il retire les clefs du contact et les tend vers Caroline.

— Bon ben… Je suis arrivé… Ça va aller ? Ou vous voulez que je vous raccompagne jusque chez vous ?

La jeune femme sursaute, perdue dans ses pensées. Elle se tourne vers son équipier, prend les clefs et lui fait signe que tout va bien. Elle rentrera tranquillement chez elle et prendra un bon bain pour se détendre. Elle a même prévu de regarder un film ou une série drôle !

Le policier la salue et sort de la voiture. Elle fait de même et se dirige vers la place du conducteur. Elle pose la main sur la portière ouverte et hésite un instant avant d'entrer. Elle donne un coup d'œil à Samuel comme si elle souhaitait lui dire un dernier mot. Il s'arrête, la fixe, mais aucun mot ne vient, ne se fait entendre.

Elle entre dans la voiture, démarre et quitte Anould pour Saint-Michel sur Meurthe.

À destination, elle se gare et prend le temps de récupérer son courrier. Elle prend le paquet de lettres et se faufile dans son appartement. Elle jette le tas négligemment sur le meuble à l'entrée et part préparer son bain. Mais, dans la salle de bain, elle s'écroule et fond en larmes.

Sa soirée s'écourte et la policière s'effondre de fatigue.

Le lendemain, complètement vidée de ses remords et regrets, elle prend enfin le temps de regarder son courrier. Au milieu des factures, plusieurs lettres manuscrites lui sont adressées… Elle les fixe sans les ouvrir avant de les jeter dans une corbeille. Elle se laisse tomber sur son sofa, pose sa main droite sur son front.

Quand arrêtera-t-il ?

Elle se redresse, attrape son téléphone portable et appelle son collègue.

— Samuel ?... J'en ai encore reçu !... Sept, cette fois, sept ! C'est de pire en pire… Tu peux venir les chercher ?...

À l'autre bout du fil, Samuel lui dit oui, il passera dans la matinée les récupérer et les déposera au commissariat pour les analyser. Il lui demande aussi, si elle veut qu'il rende visite à Marc, mais Caroline lui dit que cela n'est pas nécessaire, qu'il continuera malgré tout.

Elle marque une pause puis reprend.

— J'ai pris une décision… Je vais prendre quelques jours de vacances… Ça fait tellement longtemps que j'en ai pas pris ! J'appellerai le commissaire pour lui en parler…

L'air de Nancy me manque... Mon petit Cookie aussi !

Mots de l'Auteur

À vous qui tenez ce livre entre vos mains, qui l'avez lu en intégralité : Merci !

Je suis fière de vous proposer une nouvelle histoire de Caroline. Le personnage a évolué depuis Meurtres en Déodatie, cela fait déjà dix ans qu'elle enquête sur des affaires compliquées, dix ans qu'elle subit l'admiration obsessionnelle de son ex-petit ami. Et tout cela a des conséquences sur le mental de cette policière hors pair : elle analyse toujours autant les situations, les personnes qui l'entourent mais s'est refermée sur elle-même.

Finalement, j'ai pris plus de temps que prévu pour vous proposer ce nouveau livre mais, aussi plus de plaisir à travailler dessus. Jj'espère qu'il vous a plu !

Mon 5e livre déjà et ce n'est pas prêt de s'arrêter ! J'ai encore de nombreuses idées, pour Caroline notamment mais pas que…

Si vous souhaitez suivre l'avancée de mes projets, vous pouvez me suivre sur mon site internet ou sur les réseaux sociaux : Au Repaire de l'Imaginaire. Vous pourrez aussi me contacter sur vous avez des questions, des souhaits, des conseils à me donner. Tous les liens sont disponibles à la fin de ce livre...

Je vous laisse à vos lectures, et encore un grand merci.

Delf

Du même auteur

Policier

- Meurtres en Déodatie

Fantastique/Fantasy

- Alexa Smoke et l'Amnésique
- Guerres Suprêmes Part I
- Le Mystère du Livre et autres Histoires…

Retrouvez-moi :

Facebook :

Au Repaire de l'Imaginaire

Twitter :

Delf1983

Instagram :

Delf_In88

Au Repaire de l'Imaginaire :

delfinauthor.wixsite.com/aurepaireimaginaire

A votre Service :

delfinauthor.wixsite.com/avotreservice

Dépôt Légal : Décembre 2020
ISBN : 9782956157755

www.ingramcontent.com/pod-product-compliance
Ingram Content Group UK Ltd.
Pitfield, Milton Keynes, MK11 3LW, UK
UKHW012247290726
14090UKWH00013B/514

9 782956 157755